KB060955

조용한 비

조용한 비

미야시타 나츠 소설 · 이소담 옮김

위즈덤하우스

차례

머지않아 터질 것 같다고 예상은 했지만 설마 그날이 이렇게 빨리 올 줄은 몰랐다. 대표가 웬일로 아침부터 있다 싶더니, 직원들을 전부 모아놓고 선언했다. 올해를 끝으로 회사를 정리하겠다는 것이다. 퇴직금은 기본급 한 달분, 너무 갑작스러우니 거기에 한 달분을 더해 다음 달 월급날에 계좌로 입금하겠다고 했다.

　올겨울 들어 처음으로 눈이 내렸다. 크리스마스에 눈이 내리다니 제법 기쁘지만 점심때가 지나 회사를 나왔을 무렵에는 이미 그쳐서 길에도 쌓이지 않았다.

　집 근처 역에 내려 걷는데 구수한 냄새가 은은하게 나서, 나는 찬바람을 맞으며 걸음을 멈췄다. 역 옆의 파친코 가게 뒤편 주륜장(자전거를 세워두는 공간—옮긴이)에 붕어빵 가게가 있었다. 마침 따뜻한 것이 먹고 싶던 참이었다. 조립식 건물이었고, 창고보다 크기가 조금 더 큰 정도의 가게였다. 그러고 보니 역 주변에서 붕어빵을 먹으며 다니는 사람을 종종 목격하곤 했다. 이 가게에서 파는 붕어빵이었나 보다.

눈은 그쳤지만 바람이 차가워서 귀와 코가 아팠다. 주머니에 손을 찔러 넣고 고개를 움츠려 바람을 견뎠다. 붕어빵이 구워지기를 기다리며 앞으로 어떻게 할지 두서없이 생각했다.

"오래 기다리셨습니다."

얇은 종이로 싼 붕어빵을 받고 동전을 세어 건넸다. 막 구워져 나온 붕어빵은 얇은 종이 너머로도 뜨거웠다. 얼어붙은 양손으로 감쌌다. 집에 가면서 먹기로 하고 가게 앞을 떠났다. 한 입 먹고 나는 어라, 하고 멈춰 섰다. 맛있다. 다시 한 입 먹었다. 뭐야, 이거 맛있잖아, 그것도 엄청. 나는 가게로 돌아가 닫힌 창문을 손가락으로 두드렸다. 유리 너머에서 철판을 닦고 있던 여자가 고개를 들었다.

"이거, 맛있어요."

순간적으로 나온 말이라고는 그것뿐이었다. 이래서야 유아 수준이다. 두 살배기의 어휘다. 그래도 여자는 검은자위가 큼지막한 눈을 동그랗게 뜨고 볼을 발갛게 붉히더니 "고맙습니다"라고 대답했다. 진심으로 기뻐하는 표정이었다.

다음 날 아침, 눈을 뜨니 일곱 시였다. 오늘부터 회사에 출근하지 않아도 된다고 생각하자 배 주변이 근질근질하니 웃는 것도 같고 우는 것도 같은 묘한 기분이었다. 아침인데 신체감각으로는 오후 네 시를 지난 것 같았다. 오늘은 회사에 가서 남은 일을 처리한 다음 구직 활동을 해야 한다. 그렇지만 일어나고 싶지 않았다. 이상하게 멍해서 그냥 다 귀찮았다. 저 먼 곳에 무언가, 뭐였더라, 즐거운 일이 있었던 것 같다. 으음, 뭐였더라. 나는 벌떡 몸을 일으켰다. 붕어빵이다. 그래, 상상 이상으로 맛있었던 그 붕어빵, 그리고 의지가 강해 보였던 여자. 지금부터 회사에 가서 전화를 몇 통 건다. 책상을 정리한다. 그러면 끝이다. 집에 오는 길에 그 가게에 들르자. 생각만 했을 뿐인데 몸이 가뿐해졌다.

해가 바뀌고 바로 일자리를 찾았다. 나도 이렇게 빨리 구할 줄은 몰랐다. 예전에 다니던 대학 연구실에서 조수를 찾고 있었다. 지원했더니, 지금은 강사가 된 선배가 반쯤 연줄로 채용해주었다. 다만, 비정규직으로 취급되어 직책도 연봉도 낮았다. 실제 근무 시간은 일곱 시간으로 잔업이 적고, 출근 시간은 자유라는 점이 마음에 들었다.

학창 시절부터 밤에 약했다. 일찍 일어나는 것은 힘들지 않았다. 새로 찾은 직장에서 제일 먼저 출근하고 제일 먼저 퇴근했다. 교수의 비서는 아홉 시 정각에 출근해서 다섯 시에 퇴근했다. 다른 사람들은 보통 열 시, 열한 시에 출근했는데, 그런다고 문제시하는 사람은 없었다. 나는 늦어도 여덟 시, 이르면 일곱 시 전에는 연구실에 들어갔고 그만큼 일찍 나왔다. 조퇴하거나 외근을 나갔다가 바로 퇴근하는 것이 아니라 정정당당하게 오후 세 시에 일을 마치고 나오다니 기분이 최고였다.

붕어빵 가게는 인기가 좋았다. 나보다 먼저 온 손님이 항상 있었다. 나 다음으로도 왔다. 여자는 매일 바쁘게 일했다. 학생들은 그녀를 '고요미 짱'이라고 불렀다. '고요미 씨'라고 부르면 어른이었다. "고요미 짱, 내일부터 중간고사란 말이야" 하고 투정을 부리는 고등학생이 부러웠다. 나는 단골손님들 틈에 섞여 붕어빵을 사고, 짱이든 씨든 좋으니 이름을 불러보고 싶다는 소소한 소망을 품고 겨울을 보냈다.

매번 고마워요. 고요미 씨가 붕어빵을 얇은 종이에 싸서 건네며 내게 말했다. 겨우 그뿐인데 체온이 2도쯤은 상승한 것만 같고, 가슴에서 아기 사슴 밤비가 튀어나오기라도 할 듯 기분이 들떴다. 웬일로 다른 손님이 없었다. 괜찮으면 민들레 커피 드실래요? 고요미 씨가 말했다.

고요미 씨는 가게 안에서 다리 세 개짜리 접이식 의자를 두 개 가지고 나와 펼치고는 내게 앉으라고 권했다. 그리고 다시 가게로 들어가더니 주전자에 담긴 커피를 냄비에 조금 덜어 가스레인지로 데웠다. 김이 아른아른 피어오르자 커피를 컵 두 개에 따라 밖으로 나왔다. 붕어빵을 든 채로 여전히 서 있는 나를 보고 여기 앉으세요, 하고 웃으며 의자를 가리켰다. 바쁘신 건 아니죠? 고요미 씨가 그렇게 물어서 고개를 끄덕였다. 그렇죠, 바쁜 사람은 붕어빵을 사지 않을 테니까. 그래도 얼른 먹지 않으면 맛이 완전히 변해버릴 거예요. 이거 민들레 커피예요. 커피를 내밀기에 얼마인지 묻자, 고요미 씨는 붙임성 좋은 미소를 짓고 손을 저으며 괜찮아요, 괜찮아, 나도 마침 쉬려고 했으니까 같이 마셔주면 좋겠어요, 라고 대답했다.

고요미 씨와 처음 이야기를 나눈 오후였다. 벌써 봄이 지척에 다가왔다. 해 질 녘까지는 아직 시간이 남은 터라 주류장에는 사람이 없었다. 뒷골목으로 자전거가 지나가고 교복 차림의 고등학생이 걸어갔다. 황금 같은 기회였는데 나는 기쁨보다도 긴장이 앞선 괴로운 기분을 느끼며 안정감 없는 의자에 앉았다. 그럴싸한 말도 할 주제가 못 됐다. 앞에 앉은 고요미 씨의 얼굴을 제대로 보지도 못했다. 잘 먹겠습니다, 기어들어가는 목소리로 말하고 붕어빵을 크게 깨물었다. 음, 나도 모르게 말했다. 맛있네. 고요미 씨는 만면에 미소를 지으며 가슴을 펴고 작게 외쳤다. 그렇죠!

고요미 씨가 이름을 물은 것은 그로부터 조금 지나서였다. 이름을 물어봐주어서 기뻤다. 괜한 소리까지 해버렸다.

"유키스케. 보통 유키라고 불리지만."

"어떤 한자를 써?"

"가다의 행(行)에 돕다의 조(助)를 써서 유키스케."

"흔하지 않은 이름이네."

"그렇지. 가다도 돕다도 흔하게 쓰는 한자지만 유키스케는 잘 없지."

나는 솔직하게 덧붙였다.

"사실은 아버지가 잘못 알고 지은 거야."

"잘못 알고?"

아버지는 책을 거의 읽지 않는다. 단, 신문소설만은 예외다. 빠뜨리지 않고 읽는다. 습관 비슷한 것이다. 시시하거나 조금 난해하더라도 읽지 않으면 하루가 시작되지 않는다고 한다. 아버지와 어머니가 아직 젊었을 때, 연재를 시작한 소설을 읽고 아버지가 완전히 흥분해서 이건 내 이야기라고 어머니에게 말했다고 한다. 나는 알아, 이 주인공은 나야. 어머니가 신문을 넘겨받아 읽고 전혀 다른 사람 같다고 하자, 맹렬하게 고개를 저으며 잘 읽어보라고, 나이도 경력도 환경도 다르지만 나야, 라며 고집을 부렸다. 그렇게 다르면 다른 사람인 거지, 라고 하자 아버지는 나야, 영혼은 나라고, 라며 진심 어린 표정으로 주장했다. 영혼을 발음할 때 힘이 너무 들어간 나머지 여여여여영혼이라고 말을 더듬었다고, 지금도 종종 놀림을 당한다. 어머니는 어쨌든 진지한 표정을 꾸미고, 알았어, 이 주인공은 당신이네, 라고 대꾸했다고 한다. 그로부터 얼마 후, 아버지와 어머니 사이에 아이가 생겼다. 신문소설은 까맣게 잊은 것처럼 보였던 아버지였는데, 태어난 아들에게 그 소설 주인공의 이름을 붙였다. 그것도 잘못 알고. 유스케라고 읽는 것이 옳았다. 아버지는 멋대로 유키스케라고 읽었다. 그래서 行助라고 쓰고 유키스케가 되었다.

"초반에 읽는 법이 똑똑히 쓰여 있었는데 말이야."

내가 말했다.

"그렇다고 유스케였으면 좋았겠다고 생각하는 건 아니지만."

"읽었구나, 그 소설."

"응."

"재미있었어?"

고요미 씨의 눈이 기대감으로 반짝였다. 나는 말문이 막혔다.

"아버지가 어떤 사람인지 조금은 알 것 같았다고 할까."

소설의 주인공은 아주 대담무쌍했다. 반면에 아버지는 비뚤어진 적이 한 번도 없었다고, 중학교 시절부터 친구였던 어머니가 증언했다. 엇나간 적 없는 아버지에게 유키스케는 동경의 대상이었을 것이다. 훌륭한 이름에 짓눌린 것은 아니다. 그러나 나는 무뢰한이 되지는 못했다. 아마 부모님이 다소 과보호하며 키웠기 때문이 아닐까. 나는 태생적으로 다리에 마비가 있다.
늘 목발을 사용한다.

"눈 색이 좋았어."

시간이 흐른 뒤, 고요미 씨가 말했다. 주륜장 응달에
민들레가 필 무렵, 우리는 이따금 저녁을 같이 먹는 사
이가 되었다.

"처음 우리 가게에 왔을 때 유키 씨의 눈, 잊을 수 없
어. 색이 반반씩이었어."

"색? 무슨 색?"

나는 하이라이스를 먹던 손을 멈추고 고개를 들었
다. 고요미 씨는 미소를 지으며 내 눈을 들여다보듯이
상반신을 내밀었다.

"가을밤 같은 색. 차분함이 눈에 비쳤어. 빨려 들어
갈 것 같았어. 그리고."

잠깐의 망설임. 목발을 보지 않으려고 조심하는 것
을 알아차렸다.

"남은 절반은 포기의 색."

다리가 불편하다고 해서 무언가를 포기한 적은 결코 없다. 겨우 그 정도로 포기할 거라면 처음부터 대단한 것이 아니라고 생각했다.

"포기를 아는 사람이란 것을 바로 알았어. 그런 사람을 쭉 봤으니까. 포기할 줄 아는 건 아주 중요하다고 생각해."

고요미 씨의 목소리는 다정했다. 짚이는 것이 있었다. 지금 이 순간까지 기억하지도 못했는데.

초등학교, 아직 저학년 때였다. 수업 시간에 지구의 자전을 배우고, 나는 이과 교실을 나가려고 했다. 지구가 자전하는 모습을 멍하니 상상하다가 멈춰 섰다. 지구가 돌고 있다. 무심코 다리 아래를 보았다. 목발을 꽉 움켜쥐었다. 자전에 대해 배워서 알고 있었지만 그때 처음으로 말의 의미가 긴박하게 느껴졌다. 지구가 하루에 한 바퀴를 돈다는 것은 지표가 시속 1600킬로미터 이상으로 돌고 있다는 얘기다. 음속보다 빠르다고 선생님이 설명했다. 초속 463미터. 지금 이 순간에도 1초 동안 463미터의 빠르기로 내가 돌진하고 있다고 생각하자, 온몸에 소름이 돋았다. 엄청난 공포가 몰려왔다. 귀가 윙윙 울렸다. 멈춰줘, 누가 지구를 좀 멈춰줘. 소리 내지 않고 외쳤다. 그 누구도 멈출 수 없다는 것은 물론 알고 있었다. 서 있을 수가 없었다. 무릎을 꿇고 토했다. 고열이 났다. 지구에 달라붙듯이 여드레나 앓아누웠다가 아홉 번째로 맞은 아침, 이불 안에 누워 천장 나뭇결을 올려다보며 지구의 회전을 멈출 수는 없다고, 수십 번째로 생각했다. 포기하는 수밖에 없다. 잊자, 이제 생각하지 말자. 그러자 열이 내리고 구역질과 이명도 사라졌다. 그러나 나는 이제 내가 아니게 되었다. 온몸을 코뿔소나 하마의 두껍고 딱딱한 피부로 철저히 감쌌다. 나는 그 누구와도 접촉하지 않겠다. 누군가 내게 타격을 준다 해도 아무것도 느끼지 않는다. 그러자 조금 강해진 것 같다고, 초등학생이던 나는 생각했다.

　"하지만 포기하는 방법이 잘못되면 다 망치고 말아. 포기에 익숙해져서, 지배되어서, 다시는 돌아오지 못하게 되거든. 내 주변 사람들도 지금은 다들, 뿔뿔이 흩어졌어."

고요미 씨가 차분하고 덤덤하게 말했다. 가족 이야기일지도 모른다. 돌아갈 곳이 없다는 이야기는 들었다.

"유키 씨는 괜찮아. 그 사람들과 눈이 다르니까."

정말 그럴까. 나는 사실은 포기했어야 하는 것을 지구의 자전에 떠맡긴 채로 살아남았을 뿐이다.

어머니가 오셨다. 부동명왕 잿날(부동명왕은 불교 진언종의 신앙 대상인 오대존명왕 중 하나로, 부동명왕 잿날은 매달 28일을 가리킨다―옮긴이)에 친구분이 거리 공연을 한다고 했다. 부동명왕을 모신 절은 우리 아파트에서 2분 거리에 있었다. 어젯밤, 어머니가 전화를 걸어 일찍 갈 테니 차라도 마시자고 했다. 솔직히 어머니와 차를 마실 마음은 없었지만 거절할 이유도 없다. 품위 있는 연보랏빛 니트를 입고 역에 내린 어머니는 평소보다 생기 넘쳐 보였다. 한껏 꾸미고 가서 공연하는 친구에게 용기를 주겠다고 했다. 어머니가 멋지게 꾸미고 가면 왜 친구가 힘이 나는 건지 알 수 없었지만, 나는 고개를 끄덕였다. 어머니에 대해서는 언제나 잘 모르겠다. 어머니에게는 내가 이해하든 말든 상관없다는 묘한 명랑함이 있었다. 갑자기 고요미 씨의 붕어빵을 어머니에게도 먹이고 싶었다.

괜찮아, 라고 어머니가 말했다. 붕어빵을 먹는 내내 자주 웃었다. 가게에 줄이 길게 늘어서 있어서 고요미 씨는 우리에게 웃으며 인사만 보내고 묵묵히 붕어빵을 구웠다. 나도 별말 하지 않았다. 그런데 어머니는 돌아가면서 이렇게 말했다. 괜찮아, 잘될 거야. 그리고 씩씩하게 전철을 타고 돌아갔다.

고요미 씨의 붕어빵은 맛있다. 몇 번을 먹어도 먹을 때마다 놀란다. 시중에 널린 붕어빵 중 최고임은 말할 것도 없고, 지금까지 먹어본 맛있는 음식들 중에서도 1, 2위를 다툴 만큼 맛있다. 깨물었을 때 느껴지는 겉면의 바삭바삭함과 안쪽의 부드러움이 잘 어울리고, 팥알갱이가 씹히는 정도나, 팥 앙금의 단맛 정도, 그 모든 것이 딱 좋았다. 너무 좋아서 행복해진다. 나를 위해 구워준 것이라는 생각에 감동한다.

고요미 씨는 손님이 붕어빵을 한 입 베어 물고 환하

게 웃는 순간이 기쁘다고 했다. 감사합니다. 그 자리에서 고개가 숙여진다고 했다. 아니지, 아니야. 감사 인사를 하고 싶은 쪽은 손님이다. 고맙다고 말하고 찬사를 보내고 다른 사람에게도 알려주고 싶어진다. 맛에는 힘이 있다. 먹기 전까지 가슴을 채우고 있던 부정적인 감정이 순식간에 사라진다.

화가 날 정도로 맛있다고 표현하는 사람도 있었다. 그 사람은 흥분하다 못해 새빨개진 얼굴로, 어디 팥을 쓰냐, 밀가루는 어디와 거래하냐, 물은, 설탕은, 하고 질문을 퍼부었다. 특별한 것을 사용하지 않는다고 대답해도 의심하며 뭔가 섞은 게 분명하다고 지레짐작했다.

"하도 물고 늘어져서 가게에 있던 밀가루랑 설탕 봉지를 보여줬어."

"그랬더니 납득했어?"

"아니, 고개를 갸웃거리기만 하던걸."

고요미 씨는 웃었다. 질 좋은 재료도 고려한 적은 있지만 고요미 씨는 일반적으로 손에 넣을 수 있는 범위

내에서 재료를 조달하고 있다.

"좋은 걸 썼다가 구하기 어려워지면 큰일이니까. 내가 아닌 다른 원인으로 만들지 못하게 되는 건 싫어. 언제 어디서든 만들 수 있어야 내 실력인 거지."

언젠가 특별한 밀가루나 팥으로 만들어보고 싶은 날이 올지도 모르지만, 그런 날이 오기 전에 자신이 할 수 있는 전부를 다 해보려 한다고 했다.

"하지만 같은 곳에서 조달해도 그때그때 밀가루의 질이 천차만별이야. 이 밀가루로는 맛이 없을 것 같은 날도 있어."

"그럴 때는 어떻게 해?"

"내 실력에 모든 걸 걸지."

밀가루의 성질을 파악하는 것이 제일 중요하다. 밀가루도 날에 따라 기분이 있다. 고요미 씨는 그런 재미있는 얘기를 했다. 아침에 밀가루를 만지면 특징을 알 수 있다. 그러면 계절이나 그날 날씨를 고려해 물의 양과 숙성 정도를 바꾼다. 고요미 씨는 대충이라면 대충이지, 하고 웃었지만 일하는 모습을 보면 대충 하는 부분은 전혀 없었다.

언젠가 바이올리니스트의 이야기를 들려주었다.

"신동에서 천재로 성장했다고 평가받는 사람이 자기 연습법을 소개했는데" 하고 고요미 씨는 동경 어린 말투로 말했다.

"어려운 패시지는 한 소절씩 잘라내서 완벽하게 열 번을 연주할 수 있을 때까지 반복해서 연습한대. 완벽해지면 그다음 소절로 넘어가고. 그 바이올리니스트의 어머니가 고안한 퍼펙트 10이라는 방법이래. 어려서부터 지금까지 계속 그렇게 연습한다고 생각하니까 가슴이 뜨거워졌어."

그러고는 조금 민망하다는 듯이 말했다.

"붕어빵이랑은 비교도 안 되겠지만. 지금껏 수백 번, 수천 번 구웠으니까 내가 원하는 대로 완벽하게 굽는 게 얼마나 어려운지 사무치도록 잘 알고 있어. 그래서 매일 아침에 열 마리를 완벽하게 구우면 가게를 열기로 했어. 낮에도 열 마리, 밤에도 열 마리."

"그 완벽한 열 마리는 어떻게 해?"

"완벽하니까 손님이 오면 팔지. 손님이 안 온다 싶으면 내가 먹고."

리스본 이야기도 인상적이었다. 일할 때면 당당해 보이기까지 하는 고요미 씨가 어린 소녀처럼 구김살 없는 표정으로 웃었다.

"예전에 다람쥐를 키웠어." 고요미 씨가 말했다. "리스본이라고 해."

"어? 리스본?"

"응. 다람쥐 리스본(다람쥐는 일본어로 '리스リス'라고 한다. 다람쥐 리스본을 일본어로 발음하면 '리스노 리스본リスのリスボン'이 된다—옮긴이). 내가 붙였어. 좋은 이름 같았거든. 리스본이 지명인 줄은 몰랐어. 아빠도 엄마도 반대하지 않았고. 오빠만 이름이 이상하다면서 웃었어. 그런데 아무도 그게 포르투갈의 수도라고 알려주지 않더라. 리스본은 사람을 잘 따르고 애교도 많고 똑똑해서 다들 예뻐했어. 그래도 나를 제일 좋아했지. 내가 학교에 다녀오면 꼭 현관까지 나와서 맞아줬어. 아파트 계단을 올라오는 소리로 나인 줄 알았나 봐."

고요미 씨는 뿌듯해하며 킁킁 콧소리를 냈다.

"방에 풀어놓고 키웠어?"

"응, 우리는 있었는데 잠그지는 않았으니까 알아서 문을 열고 나왔어. 그리고 피곤하면 우리에 들어가 문을 닫고 자더라."

"와, 똑똑하다."

"여름방학 때, 오빠랑 같이 친척 집에 다녀온 적이 있었어. 이틀이나 사흘 정도 묵었는데, 집에 돌아오니까 리스본이 현관에서 내 품으로 뛰어들어서는" 하고 고요미 씨는 정말로 뛰어드는 몸짓을 했다. 뛰어든 것은 고요미 씨가 아니라 리스본이었을 텐데.

"안으려고 했더니 내 가슴을 발로 차고는 우리로 돌아가서 정신이 완전히 나간 것처럼 쳇바퀴를 빙글빙글 무섭게 돌리는 거야. 그러다가" 하고 앞발로 다람쥐 쳇바퀴를 돌리는 시늉을 했다. 리스본 이야기를 하면 몸이 저절로 움직이는 모양이다.

"또 문을 열고 뛰어나와서는, 나한테 어딜 다녀온 거야, 이렇게 오랫동안! 이라고 또렷하게 말했어. 일본어로 말한 것 같았다니까. 그때, 내게는 겨우 사흘이었지만 리스본에게는 그 시간이 아주 길게 느껴졌으리란 걸 이해했어. 마냥 기다리기만 해서 길게 느껴지는 게 아니라, 인간과 다람쥐의 시간은 흐르는 속도가 서로 다르다는 것을 깨달았지."

생물의 시간이 흐르는 속도는 심박 수와 상관관계가 있다고 한다. 고요미 씨가 그런 사실을 아는지 모르는지, 나는 알지 못한다. 적어도 당시 고요미 씨는 몰랐을 테지.

"호두를 제일 좋아했어. 특별한 날에만 간식으로 줬어. 그러면 와, 하고 기뻐하면서 일단 크게 한 입 깨무는데, 아깝다는 생각이 드는지 보관해두려고 하더라. 사람 눈에 띄지 않는 곳을 찾아 감추려고 우리에서 나와 여기저기 자리를 찾으러 돌아다녀. 아무도 안 보는지 확인하고, 물론 나도 안 보는 척을 해줬는데, 그러면 상인방 끝이나 식기장 뒤, 뭐 그런 곳에 호두를 감추고 시치미를 뚝 뗀 얼굴로 우리로 돌아가."

"그렇게 감춘 걸 어떻게 해?"

"그게, 잊어버리는 것 같더라고."

고요미 씨가 대답했다. 그리고, "아니다, 리스본은 머리가 좋았으니까 잊어버리진 않았겠지" 하고 생각에 잠겨 말했다. "보존 식량이었을지도 모르고."

야생 다람쥐도 겨울을 대비해 땅속에 나무 열매를 묻는다. 그리고 묻은 위치를 잊어버린다. 봄이 되면 파헤쳐지지 않은 나무 열매가 일제히 싹튼다. 눈이 드문드문 남은 단색 숲의 흙에 선명한 연둣빛이 섞인다. 맑고 투명한 공기, 상수리나무 가지에서 눈이 녹아 똑똑 쉴 새 없이 떨어지고, 동면에서 깨어난 동물들이 먹을 것을 찾아 달린다. 다람쥐도 자기가 묻은 도토리는 까맣게 잊고 갓 움튼 부드러운 떡잎을 뛰어넘는다. 조금 깨물어보기도 하려나.

"리스본이 죽었을 때 너무 슬펐는데." 고요미 씨가 말했다. "죽은 뒤에 집 안 구석구석에서 호두가 나와서 눈물이 났어. 리스본, 이런 곳에 숨겨뒀구나, 나중에 꺼내 먹으려고 했구나. 보관해둔다고 참지 말고 먹을 수 있을 때 먹었으면 좋았을 텐데."

수없이 떠올린 정경일 텐데도 고요미 씨는 눈시울을 붉히며 고개를 숙였다.

매형 출장에 맞춰 친정에 묵으러 왔다는 누나가 내게도 오라고 전화를 걸었다. 누나는 결혼하고서 한동안은 집에 얼씬도 하지 않았는데, 아이가 태어난 뒤로는 툭하면 오곤 했다. 어머니도 이런저런 이유를 대며 누나 부부의 집에 도와주러 간다. 아기는 잠깐 보면 귀엽지만 5분이 한계라고, 결혼 전 누나가 늘 말했는데, 그 말을 지금은 내가 실감한다. 전화를 바꿔달라고 한 어머니도 바쁘지 않으면 가끔은 얼굴을 비치라고 해서 주말에 가기로 했다. 고향 집이라고는 해도 민영 철도를 갈아타고 한 시간 정도 걸리는, 갈 마음만 있으면 언제든 갈 수 있는 거리였다.

저녁을 먹은 후, 아기를 목욕시키던 누나가 허둥지둥 나와서 슬슬 돌아가려고 일어난 내게 "조금 더 있다 가도 되잖아. 자고 갈 줄 알았는데" 하고 말을 걸었다.

"아까는 아버지가 계셔서 말을 못 했어."

"무슨 일 있어?"

"일이라고 할 것까진 아닌데."

누나는 잽싸게 아기에게 잠옷을 입히더니, 자기 목욕 가운의 앞섶을 풀고는 맘마 먹어야지, 라고 말을 걸고 아기가 젖을 빠는 것을 확인하고 고개를 들었다. 아무리 동생이라지만 내가 남자라는 사실이 누나의 머릿속에는 없나 보다.

"그거, 어머니한테 들었어. 느낌이 아주 좋은 사람이라며."

"누가?"

"누구라니, 네가 어머니한테 소개했잖아?"

"누구를?"

"누구라니, 그러니까 그, 붕어빵 가게 사람."

"아아."

나는 어중간하게 고개를 끄덕이며 어머니가 누나에게 고요미 씨를 어떻게 설명했을지 생각했다.

"귀여운 사람이라며?"

"몇 살이야?"

쉴 틈 없이 몰려오는 질문에 깨달았다. 그러고 보니 고요미 씨의 나이도 모르고 있었다.

붕어빵을 굽는다고 했으니까 노점상 주인이야? 아니면 아르바이트생? 자기 가게를 더 크게 내고 싶어 해? 아니면 가업을 물려받은 건가? 내가 어떤 질문에도 글쎄 혹은 잘 모르겠어, 라고만 대답하자 누나는 속이 탔는지 왜 제대로 말을 안 해주냐며 화를 냈다. 아직 그렇게 친한 것도 아니라고 나는 변명했다. 정말로, 아직 친하다고는 할 수 없다. 어머니에게도 맛있는 붕어빵을 소개했을 뿐이다. 절벽 위의 꽃이다. 웃음이 저절로 터질 만큼 맛있는 붕어빵을 굽는 사람. 매일 붕어빵을 굽는 것에 기뻐하고, 맛있게 먹는 사람의 얼굴을 보는 것을 그 무엇보다 즐거워하는 고요미 씨. 포기하지 않는 사람. 내게는 절벽 위의 꽃이다. 절벽 위의 꽃이라는 말에 누나가 황급히 아기 쪽으로 고개를 돌리는 것을 보았다. 웃음을 꾹 참는 얼굴이었다.

"뭐야, 뭐가 웃겨."

"미안, 그냥 절벽 위의 꽃이라니, 요즘 세상에도 그

런 말을 하는구나 싶어서."

"누나도 일단 먹어보면 알 거야, 고요미 씨의 붕어
빵."

토요일 밤이라 아파트로 돌아가는 전철은 텅 비어
있었다. 전철 광고를 멍하니 바라보며 고요미 씨를 생
각했다. 절벽 위의 꽃. 지금 내게는 저 높은 정상에 핀
꽃이다. 그렇다면 나는 절벽을 기어오를 것인가, 능선
을 따라 빙 돌아갈 것인가, 바위를 조금씩 깎아 내릴 것
인가. 어떤 방법이 좋을지 고민했는데, 예상치 못하게
그 꽃이 뚝 떨어졌다.

어느 날 아침, 소녀가 뺑소니차에 치였다. 쓰러진 소
녀를 피하려고 뒤따르던 차가 핸들을 꺾었고, 오토바
이가 그 차를 들이받았다. 오토바이가 날았고 타고 있
던 소년도 날아갔다. 멀리 인도까지 하늘을 날아가 머
리부터 그대로 떨어졌다. 떨어진 곳에 사람이 있었다.
고요미 씨였다. 소년과 정통으로 부딪혀 고요미 씨는
쓰러졌다.

고요미 씨는 눈을 뜨지 않았다. 집중치료실에 들어 갔다가 일주일 뒤 일반 병동으로 옮겨져 간호사실과 가장 가까운 병실에 혼자 누워 있었다. 파친코 경품 교 환소에서 일하는 아주머니로부터 고요미 씨가 사고를 당해 의대 병원에 입원했다는 소식을 들은 것은 사고 이후 열흘이나 지난 비 내리는 오후였다. 병실 입구의 하얀 플레이트에 엉망인 글씨로 고요미 씨의 이름이 쓰여 있었다. 너무하다고 생각했다. 의식불명이라고 듣고 숨이 막혔던 그 순간의 오한이 되살아났다. 조심 스럽게 문을 열자, 병원의 것으로 보이는 잠옷을 입은 고요미 씨가 희미한 빛을 받으며 침대에 누워 있었다. 팔에 하나, 이불 아래로 또 하나, 가느다란 관이 연결되 어 있었고 침대 건너편에 상자처럼 생긴 기계가 하나 놓여 있었다. 그냥 잠깐 잠이 든 것처럼 보였다. 잔뜩 긴장했는데 허탕을 친 것만 같았다.

그러나 눈을 뜨지 않았다. 고요미 씨, 고요미 씨. 나 직하게 불러보았다. 반응이 없었다. 얼굴을 가까이에 서 들여다보았다. 규칙적으로 숨을 내쉬고 있었다. 속

눈썹이 길다. 순진무구한 얼굴로 잠들어 있다. 안색도 나쁘지 않았다. 벽장 옆에 비치된 둥근 의자를 가져와 고요미 씨 옆에 앉았다. 벽에는 지난달 달력이 걸려 있었다. 사진은 홍콩 야경일까. 아니다, 오타루인가. 달력을 다 보고 나니 이제 할 일이 없었다. 고요미 씨, 이거 참 큰일이네, 라고 말해보았다. 그럼, 하고 일어났다. 또 올게.

우울했다. 지루했다. 배도 고프지 않았다. 고요미 씨의 붕어빵 가게가 문을 닫자 4월 하늘은 빛을 잃었다. 비만 내렸다. 우산을 어디에 두고 온 것 같은데 새로 살 마음이 나지 않았다. 어깨는 뭉치고, 잠은 잘 오지 않고, 게다가 빨랫감은 쌓여만 가고 좋은 일은 하나도 없었다. 고요미 씨가 없기 때문이다.

병실에 들러도 고요미 씨는 항상 잠들어 있었다. 기분 좋게 낮잠이라도 자는 듯이. 그러면 나는 할 일이 없다. 고요미 씨와 조금 더 친했다면 담당 의사에게 증상을 묻거나, 가족은 무리여도 친구 하나쯤 어떻게든 찾아내거나, 고요미 씨가 좋아하는 음악을 머리맡에 틀어주거나, 이렇게 할 수 있는 일이 얼마든지 있었으리라 생각하니 너무 안타까웠다. 문병을 오면 고요미 씨의 얼굴을 계속 지켜보고 싶은 욕망을 느끼는데, 고요미 씨가 바라지 않을지도 모른다는 생각에 얼른 자리를 뜨곤 했다.

고요미 씨가 눈을 뜨지 못하는 상태로 한 달이 지났다. 퇴근하며 병실에 들르는 것이 내 일과가 되었다. 잠든 고요미 씨를 보고 나면 미련이 남지 않도록 냉큼 돌아가니까 병실에 머무는 시간은 전부 합쳐서 한 시간이 채 안 될지도 모른다. 하루하루 얼굴이 창백해지고 머리카락도 윤기를 잃었지만 그래도 고요미 씨는 기분 좋게 자고 있었다. 뺑소니 사고를 당한 소녀는 벌써 회복해서 퇴원했다고 한다. 두 달이 지나 고요미 씨의 얼굴이 눈에 띄게 작아졌다. 갈비뼈가 부러지고 내장에도 출혈이 있었다는 오토바이 소년이 퇴원했다. 소년은 퇴원하는 날 아침, 고요미 씨의 병실을 찾아 고요미 씨의 얼굴을 바라보며 고개를 깊이 숙였다고 한다. 먼

저 퇴원해서 면목이 없다고 나직하게 사과했다고 한다. 저녁에 병실을 찾은 내게 간호사가 그 아이, 사죄하지 않으면 본인이 버티지 못할 것 같았어요, 라고 알려주었다. 그 애의 잘못은 아닌데. 간호사는 의자에 앉지도 않고 묵묵히 서 있는 나를 힐끔 보더니 바로 시선을 피했다.

이름이라도 부르면서 말을 걸어보면 어떨까요? 나를 등진 채로 간호사가 말했다. 손이나 발을 문질러주고 좋아하는 향을 피우는 것도 괜찮을지 몰라요. 담담한 목소리였지만 그 정도는 좀 하라고 비난을 받은 기분이었다.

아무리 다녀도 익숙해지지 않는 병원에서 나와, 저녁때이지만 아직 해가 드리운 인도를 걸으며 생각했다. 고요미 씨는 내가 돌봐주기를 바랄까? 눈을 떴을 때, 항상 저 남자가 곁을 지켰다고 나를 가리키며 누군가가 알려준다면 고요미 씨는 어떤 기분일까? 아무리 생각해도 모르겠다. 알 리가 없다. 혹시 고요미 씨에게 문병을 와줬으면 하는 사람이 따로 있을지 모른다고 생각하기만 해도 내면에서 폭풍이 치는 것 같았다. 고요미 씨가 어떤 사람인지 나는 전혀 모른다. 이제 막 알아가려던 참이었다.

나는 고요미 씨의 몸을 문지르지도, 음악을 들려주지도 못했지만, 문병만큼은 계속 다녔다. 잠든 고요미 씨의 단정한 얼굴을 바라보면 혹시 이대로 눈을 뜨지 않을지도 모른다는 생각이 들어 병실을 황급히 나서는 날도 종종 있었다.

그래도 고요미 씨는 눈을 떴다. 장마가 끝나가는 7월이었다. 3개월하고 사흘간 푹 자고, 아무런 예고도 없이 고요미 씨는 눈을 떴다. 그리고 크게 쭉 기지개를 켰다. 놀라서 의자에서 벌떡 일어난 나를 보고 눈을 몇 번 깜박이더니 입가에 미소를 띠고 안녕, 이라고 인사했다. 괜찮아? 나는 물었다. 그리고 고요미 씨가 괜찮다고 대답하지 않기를 바랐다. 영화를 보면 사람들은 종종 괜찮아, 괜찮다니까, 라고 말하면서 죽으니까. 고요미 씨는 괜찮다고 말하지 않았다. 그저 웃음기를 띠고 뭐가, 라고 되물었다. 괜찮냐니 뭐가?

고요미 씨는 사고를 기억하지 못했다. 왜 자기가 이런 곳에 누워 있는지 거듭해서 물었다. 다양한 검사를 받고 온몸을 조사한 결과, 고차뇌기능장해라는 진단이 내려졌다. 지금으로선 이것뿐입니다. 의사가 말했다. 고요미 씨의 뇌는 문제가 전혀 없어 보였는데 사실은 큰 충격을 받은 모양이었다. 기억을 관장하는 부위에 바늘 끝 정도 크기의 손상을 받은 것으로 보입니다. 기계로는 찍히지 않지만요. 나도 동석한 자리에서 의사가 설명했다. 새로운 기억을 짧은 시간만 유지할 수 있다고 했다. 네? 네? 나와 고요미 씨가 동시에 반응했다. 계속 잠들어 있었고, 지금은 사고 충격 때문에 기억력이 아직 돌아오지 않은 걸 수도 있잖아요. 그럴 가능성도 없다고는 할 수 없습니다. 오래된 기억은 제대로 남아 있고요, 단, 현시점에서는 안타깝지만 새로운 기억이 남지 않는 것 같습니다. 무슨 말인지 이해할 수 없었다. 의미를 잘 모르겠다. 나는 두둥실 떠오를 것 같은 몸을 의자에 붙들어두느라 안간힘을 썼다.

그래도 나, 오늘 아침에 본 텔레비전 드라마 내용은 기억하고 있어. 고요미 씨가 말했다. 정말? 내가 반색하며 물었다. 어제는? 휠체어에 앉은 고요미 씨는 허공을 노려보았다. 어제는 아마 안 봤을 거야, 내용이 많이 진행되었더라. 머리를 한 대 얻어맞은 듯한 충격이었다. 고요미 씨가 무료함을 달래려고 아침 드라마를 빠뜨리지 않고 보는 것을 알고 있었다. 상황이 얼마나 심각한지 나도 마침내 깨달았다.

고요미 씨는 한동안 더 입원했지만, 계속 있어도 뇌 기능의 뚜렷한 회복을 기대할 수 없다는 진단을 받아 퇴원하게 되었다. 귀가 따갑도록 매미가 울던 날이었다. 고요미 씨는 끝까지 자기가 왜 입원했는지 기억하지 못했다.

가게는 매년 여름이면 한 달간 쉬었으니까 일단 자택 요양을 하고 가을부터 다시 열기로 했다. 주류장 바닥은 아스팔트인데 게다가 조립식 가게잖아, 낮에는 40도쯤은 거뜬하게 넘을걸. 철판에서 아지랑이가 일 정도야. 고요미 씨가 말했다. 그리고 어차피 한여름엔

손님도 안 오고.

고요미 씨의 기억이 전혀 남지 않는 것은 아니었다. 평범하게 대화하고 평범하게 밥을 먹고 평범하게 잔다, 그 정도라면 지장이 없었다. 그런데 잠이 들면 그날의 기억이 감쪽같이 사라졌다. 그리고 사고를 당하기 전날로 기억이 돌아갔다. 아침에 일어나서 본 푸른 하늘도, 낮에 친구와 만나 와자지껄하게 웃은 일도 밤에 내게 말해주었지만, 다음 날 아침에 눈을 뜨면 전혀 기억하지 못했다. 고요미 씨에게서 술술 흘러가는 나날이 내게만 쌓여갔다. 고요미 씨는 다른 사람들이 올라가는 계단을 한 계단 올랐다가 다시 내려오기를 반복하는 어린아이 같았다. 아침부터 밤까지 혼자 둘 수는 없었다. 누가 조금만 배려해서 도와주면 될 텐데, 그걸 대체 누가 하지? 내가 그 역할을 맡아도 될까?

무더운 날이었다. 아침부터 햇볕이 가차 없이 내리쬐었다. 따가운 햇살에 목덜미가 따가웠다. 목발이 땀 때문에 미끄러졌다. 고요미 씨의 아파트에 도착할 무렵에는 등이 땀에 흠뻑 젖어 있었다. 외부 계단을 올라 현관 초인종을 눌렀다. 대답이 없다. 잠시 틈을 두고 다시 눌렀다. 역시 대답이 없다. 아직 자고 있나? 그런데 그때, 방 안에서 무언가가 움직이는 기척이 났다. 고요미 씨? 안에 대고 말을 걸자, 잠시 후 문이 열렸다. 하얀 티셔츠에 회색 반바지. 고요미 씨가 표정 없이 서 있었다. 눈에 초점이 없었다. 머리도 빗지 않은 것 같았다. 왜 그래? 내가 묻자 고요미 씨는 오늘 며칠이야? 하고 물었다. 들어가도 될까? 나는 고요미 씨 뒤쪽 방을 가리켰다. 고요미 씨는 힘없이 고개를 끄덕였다. 오늘은 8월 8일이야. 고요미 씨가 표정 없이 중얼거렸다. 나, 정신이 이상해진 것 같아. 아무리 생각해도 지금이 여름 같지 않아. 덥잖아, 매미도 울고. 그래서 아직 4월인데 왜 이러나 싶어서 텔레비전을 켰더니 예상 최고기온이 32도라잖아. 뭐가 어떻게 된 거야? 나 너무 피곤한 건가?

나는 치아 맞물림에 늘 주의를 기울였다. 항상 이렇다. 언제나 같은 장면에서 턱관절이 아프다. 고요미 씨. 나는 그녀를 불렀다. 고요미 씨는 사고를 당해서 새로운 기억을 저장하지 못해. 하루가 지나면 잊어버려. 어제는 분명히 8월 7일이었고, 고요미 씨랑 나는 맥주로 건배를 했어. 리스본이 고요미 씨의 집에 온 날이었으니까. 그리고 오늘은 8월 8일이야. 저기, 달력을 좀 봐. 일기를 봐도 좋고. 고요미 씨는 허망한 눈으로 달력을 보러 갔다. 7일까지 사선으로 지워놓았다. 날짜를 확인하려고 매일 밤, 그날 일자를 지우고 잔다. 종이 위의 날짜를 지우면 얼마 지나지 않아 고요미 씨 안의 날짜도 사라진다. 고요미 씨는 달력을 바라보더니 딱히 놀라지도 않고 8월 8일, 하고 중얼거렸다. 그럼 여름방학이라는 거네. 울지도 한탄하지도 혼란스러워하지도 않아서 내가 오히려 놀랐다. 날마다 조금씩 차이는 있지만 고요미 씨는 대체로 이렇게 사태를 받아들였다. 그리고 선고자로서의 내 일과도 끝이다. 혼자 있고 싶을 테니 그만 집을 나서려고 하는데, 고요미 씨는 언제나 차를 타주었다. 약하게 돌아가는 에어컨 실외기 소리가 들렸다. 뜨거운 차를 마시고 나는 출근했다.

일요일에 누나가 전화를 걸어서 오겠다고 했다. 매형을 혼자 두고 와도 되는지 묻자, 다음 주 중반까지 출장이라 집에 없으니 괜찮다고 했다. 나는 저녁에 고요미 씨한테 가는 것 말고는 딱히 할 일이 없었다. 누나는 전에 맛있게 먹었다는 역 앞 케이크 가게의 초콜릿 케이크를 사다 주겠다고 했다. 아기도 같이 올 테니 급하게 청소기를 돌리고 창문을 열어 신선한 공기로 환기했다. 그러다가 조금 더울 것 같아 창문을 닫고 에어컨을 켜고 물을 데웠다. 누나는 초콜릿 케이크가 세 개밖에 없어서 다 사 왔다고, 웃으면서 나타났다. 아기는 아기 띠에서 손과 발을 내밀고 바둥거리고 있었다. 누나는 무거워져서 힘들다며 띠를 풀어 아기를 한 손으로 안고 어깨를 돌렸다. 커피를 타려고 콩을 갈기 시작하자, 누나는 미안한데 기저귀 좀 갈게, 라고 말하고 밀을 돌리는 내 발 언저리에 아기를 눕혔다. 기저귀를 벗은 아기의 허벅지는 포동포동한 살이 세 겹으로 접혀 있었다. 아기는 유충을 닮았다고 생각했다.

시시한 잡담을 나눈 후, 내가 매일 고요미 씨의 아파

트에 찾아간다는 것을 알게 된 누나는 잘 생각해야 한다고 말했다. 누나는 뭔가 복잡한 생각에 잠긴 표정이었다. 아기가 들으면 안 된다는 듯이 목소리를 낮췄다. 그 사람, 아직 안 좋잖아? 그런데 네가 오는 거야. 어제도 오늘도 내일도. 그러면 그 사람한테는 다른 선택지가 사라져. 그래도 괜찮겠어?

누나가 문제로 여기는 것이 다른 선택지가 사라지는 점인지, 아니면 우리가 친밀해지는 점인지 잘 모르겠다. 누나는 말의 의미를 정확하게 전달하려는 듯이 천천히, 각오는 되어 있는지 물었다. 나는 질문을 받고서야 비로소 각오를 의식했다. 내게 필요한 것은 각오였다. 목 언저리에 걸려 있던 덩어리가 이름을 받고 위장으로 툭 떨어진 기분이었다.

병원에서 받은 진단서에는 외인성 정신병이라고 적혀 있었다. 나는 몹시 분개해서 고요미 씨에게는 말하지 않고 병원에 전화를 걸었다.

"정신병이라니, 대체 뭡니까? 사고를 당해서 뇌를 다친 거예요. 병이 아니라고요."

"그래서 외인성이라고 적지 않았습니까."

병원 측은 냉정하게 대답했다. 그때의 충격과 분노를 잊지 못한다. 고요미 씨가 아주 작아진 것만 같아서, 나는 필사적으로 원래 크기로 늘리려고 했다. 만약 앞으로 고요미 씨를 부당하게 일그러뜨리는 일이 생긴다면, 언제든 내가 다시 씻기고 풀로 철썩 붙여줄 것이다.

사고를 당해 다리를 다친 사람은 선천성 마비를 지닌 나를 보고 저 사람과 나는 다르다고 속으로 선을 긋는다. 나는 지금 바로 그것을 하고 있었다. 일그러진 것은 나인지도 모른다.

누나의 팔 안에서 잠든 어린 인간의 가슴이 미미하게 들썩이는 것을 보고 나는 덧없다고 생각했다. 덧없고 어설프지만 그래도 또렷하게 숨을 쉬며 이 세상과 연결되어 있다. 고요미 씨도 이 작은 인간처럼 안심하고 하루하루 새롭게 살면 된다. 고요미 씨 안에 남지 않아도 내 안에 남겨두면 조금은 낫지 않을까?

내가 잠자코 있자 누나가 말했다.

"망설여진다면 더 나아가지 않는 게 좋아."

아아, 오늘 누나는 이 말 한 마디를 하려고 우리 집에 온 것이었다.

나는 두 잔째 커피를 누나의 컵에 따르며 누나답지 않다고 말하며 웃었다. 망설여진다면 일단 나아가는 거 아니었어? 우리는 그런 교육을 받아왔다. 우리 남매뿐만이 아니다. 우리 세대는 모두 '안 하고 후회하기보다 하고서 후회하는 편이 낫다', '원하는 것은 전부 가져라', 그리고 '망설일 여유가 있으면 나아가라'라고 주입식 교육을 받았다.

그런 건 건강할 때나 유효한 말이지. 정말 망설여질 때는 나아가고 싶어도 어디가 앞인지 뒤인지도 구분하지 못하잖아. 그러니까 유키, 망설일 정도라면 그만두는 게 나아. 후회해도 되돌릴 수 없는 일은 있는 거야.

누나의 말에 고개를 끄덕이면서 확신했다. 내게 망설임은 없었다. 그건 그렇고 미처 몰랐다. 누나는 대체 언제, 되돌릴 수 없는 후회를 했을까.

아무것도 기억하지 못하면 새로운 일을 시작하기 어

렵다. 새로운 시작에는 엄청난 용기가 필요하다. 그렇다면 이사는 어떨까? 이사했다는 사실을 잊고 원래 살던 집으로 돌아가지 않을까. 그래도 아침에 나와서 기억이 있는 동안 돌아가면 된다. 그 정도라면 가능할 것이다. 만약 날짜가 바뀌어 돌아가지 못할 때는 내가 같이 있으면 된다. 내가 새로운 집으로 데리고 돌아가면 된다. 불안 요소가 아예 없진 않지만, 둘이 같이 살기에 고요미 씨의 아파트는 너무 좁고, 평생 그 집에서 나오지 않을 수도 없다. 언제까지나 사고를 당한 그날에 머물며 제자리걸음을 할 수는 없는 노릇이다.

고요미 씨의 아파트 뒤에는 빈터가 있었다. 사방이 건물로 둘러싸여 집을 세울 정도의 공간은 못 되는 응달에 잡초가 무성하게 피어 있었다. 얼마 전부터 저녁이면 귀에 대고 우는 것처럼 벌레 소리가 가까이에서 들렸다. 벌레의 수가 점점 늘어 호흡을 맞추며 높게 또 낮게 울었다. 여름도 이제 끝나가네. 내 말에 고요미 씨는 곤란한 표정으로 그저 웃었다. 고요미 씨에게 여름은 오늘 아침에 시작한 계절이다.

창 너머로 내려다본 빈터는 한여름의 작열하는 태양에서 해방되어 무성하게 피어난 녹음으로 가득 채워져 있었다. 한껏 자란 물망초가 흔들렸다. 잡초처럼 보이는 하얀 꽃이 흔들려 문득 꽃향기가 난 것 같았다. 투박하면서도 그리운 향기를 깨달은 순간, 풀꽃이 일제히 흔들리면서 숨이 막힐 듯한 풀 냄새가 다가왔다. 갑작스레 교향악단이 음을 조율하는 광경이 머릿속에 떠올랐다. 여러 악기가 제각각 음을 시험한다. 그리고 오보에가 라 음을 울린다. 바이올린이 그 뒤를 잇고, 다른 악기도 그 음에 맞춘다. 지휘자가 무대에 오르더니 손을 들어 신호한다. 장내가 고요해진다. 지휘봉이 올라간다. 완전한 정적. 그 찰나의 순간이 지난 후, 녹색 숨결이 내 호흡으로 바뀌었다. 고요미 씨. 나는 그녀를 불렀다. 우리 집으로 이사하지 않을래?

고요미 씨가 들어오기로 해서, 침실로 쓰던 다다미방을 고요미 씨의 방으로 삼기로 했다. 요리를 하거나 밥을 먹는 방을 사이에 두고 마루방이 하나. 그 방을 내가 쓰기로 했다. 또 세면실과 화장실과 욕실을 같이 쓰게 됐다. 조금 넓은 타일이 깔린 공간일 뿐인데 전부 청소하려고 하니 오후가 되었다. 청소를 마치고 고요미 씨를 데리러 가자, 깔끔하게 정리한 집에 고요미 씨가 멍하니 앉아 있었다. 길을 잃은 초등학생처럼 그렇게 불안한 표정은 처음 보는 것 같았다.

고요미 씨의 짐은 극단적으로 적었다. 비슷한 나이의 여자가 옷을 얼마나 가졌는지 정확히는 모르지만, 분명 적은 편의 10퍼센트 안에 들 터였다. 누나와는 비교도 안 되고, 어쩌면 나보다 적을 수도 있겠다. 옷도 그렇고, 화장품이나 식기, 잡화도 상자 하나에 다 들어가는 양이었다. 가전제품은 내 것과 겹치니까 다 두고 가기로 했다. 그러고 나니 가장 큰 짐은 요와 이불 한 채와 스테레오, 붙박이장 수납에 필요한 투명 케이스와 상자 몇 개뿐이었다. 소형 트럭을 빌렸는데 짐칸이 텅텅 비었다. 세단으로도 충분했겠다고 말하며 웃었다. 우리는 딱 한 번 왕복하고 이사를 마쳤다. 자동차를 렌터카 사무실에 반납하고 걸어서 돌아왔다. 벌레가 울었다. 도중에 술집에 들러 맥주를 사서 조촐하게 이사를 축하했다.

고요미 씨가 이사를 온 뒤로 내 생활이 달라졌다. 우선 방에 이름이 생겼다. 식사를 하는 방을 '거실'이라고 부르게 되었다.

우리의 제일가는 공통점은 먹고 싶은 것을 잘 떠올리는 것이었다. 아침이면 언제든 저녁에 먹고 싶은 것을 바로 대답할 수 있었다. 좋아하는 것을 다섯 가지 꼽으면 겹치지 않는데, 열 가지를 꼽으면 순서 상관없이 잘 맞았다. 둘의 입맛이 섞여 식생활이 훨씬 충실해졌다. 대부분 둘 중 하나가 2인분을 만들고 둘이 같이 정리했다. 우리는 식사를 마쳐도 '거실'에 주로 머물렀다.

전에 침실로 썼던 고요미 씨의 방은 역시 '침실'이라고 불렀다. 나도 고요미 씨도 요에서 자는 것을 좋아했고, 다다미도 붙박이장도 그 방에만 있었다. 자연히 그곳에서 자게 되었다.

가장 큰 변화는 내 감각이었다. 이유는 알 수 없지만 갑자기 시야가 놀랄 만큼 선명해졌다. 귀도 그랬다. 멀

리서 나는 작은 소리도 잘 들렸다. 냄새도 맛도 또렷하게 느껴졌다. 사소한 일에 웃거나 울고 싶어졌다. 갑옷처럼 껴입은 코뿔소의 가죽을 벗어 던지자 몸이 생각이상으로 가벼웠다. 알몸은 부드럽고 약했다. 그리고 더없이 사랑스러웠다. 고요미 씨를 안으면 내 안에 심장이 두 개 깃든 기분이었다.

예정대로 가을부터 가게를 다시 열었다. 고요미 씨는 며칠 전부터 준비하러 다녔다. 가게를 청소하고 기구 하나하나 공들여 살피며 문제가 없는지 확인하는 표정은 엄격했다. 사고가 났다거나, 뇌에 장애가 있다거나 하는 문제가 전혀 느껴지지 않는 전문가의 표정이었다.

고요미 씨는 괜찮다고 거절했지만 아무래도 걱정이 되어 나는 하루 일을 쉬고 개점을 도왔다. 오래 쉬었는데도 가게를 열자 손님이 하나둘 와서 쉴 틈이 없었다. 오늘부터? 왜 이리 오래 쉬었어요. 외로웠다고요. 이제 고요미 씨의 붕어빵을 다시 먹을 수 있구나. 다행이야.

사람들이 연달아 찾아와 말을 걸어주었다. 예상 이상이었다. 고요미 씨는 공백 따위 없었다는 듯, 뺨을 발갛게 붉히며 붕어빵을 만들었다. 도울 생각이었는데 내가 나설 틈이 없었다. 고요미 씨의 저력을 본 기분이었다.

어느 날 저녁, 고등학생이 열을 올리고 있었다. 마침 다른 손님이 없어서 고등학생 혼자 가게 카운터를 독점했다. 가까이 다가가자 고등학교고 뭐고 그만두고 싶다는 소리가 들렸다. 고요미 씨가 대답하는 소리도 들렸지만 무슨 말인지는 정확하게 들리지 않았다.

"대체 뭘 위해서 공부하는지 모르겠어. 공부한다고 장래에 무슨 도움이 되지?"

"도움이 되는 것만 필요해?"

고등학생은 고요미 씨가 동의할 것이라고 지레짐작했는지 그 반응에 대놓고 불만스러운 기색을 보였다. 나는 눈에 들어오지도 않는지 계속 말했다.

"시험에 나오는 것도 죄다 외울 의미가 없는 것뿐이라고. 사행 변격활용(일본어 문법의 동사 활용 중 하나—옮긴이) 같은 거, 고요미 씨는 아직 기억해? 플레밍의 법칙(플레밍이 발견한 전자기 현상에 관한 법칙. 오른손법칙과 왼손법칙이 있다—옮긴이)은? 함수도 실생활에 쓰일 리 없잖아?"

건장한 체격의 고등학생은 자기가 유치한 투정을 부리고 있다는 것, 그리고 투정을 부릴 상대가 틀렸다는 것을 알면서도 입을 삐죽이며 하나하나 예를 들었다.

"도움이 될지 안 될지는 본인도 잘 모르는 법이야. 도움이 되고 안 되고는 사람에 따라 다르니까. 도움이 되는 시기도 다르고. 그러니까 지금 도움이 안 된다고 생각하더라도 그게 공부를 놓을 이유가 되진 못해. 우리는 우리가 아는 것만 가지고 세계를 만들어. 내가 있는 세계는 내가 실제로 체험한 것, 내가 보고 듣고 만진 것, 생각하고 느낀 것, 거기에 약간의 상상력이 추가된 것만으로 이루어졌어."

"그게 무슨 소리야? 지금 이렇게 말하고 있어도 고요미 씨와 내가 다른 세계에 있다는 거야?"

"내 세계에도 너는 있어. 네 세계에도 내가 있고. 하지만 그 두 세계가 똑같지는 않아."

똑같은 것이 아니라는 말에 고등학생은 대놓고 부루 퉁한 표정을 지었다. 아니, 일부러 그런 척을 하는지도 모른다.

"세계는 넓어. 하지만 내 세계는 내 키에 맞을 뿐이 야. 이렇게 생각하면 초조하지 않니? 더 많은 것을 알 고 싶고 또 알아야 한다는 기분이 들잖아?"

"그럼 세계 여행을 하면 되지?"

"그래, 여행자가 되는 것도 좋겠지."

고요미 씨가 웃었다.

"하지만 새로운 것이나 진귀한 것을 많이 본다고 해 서 꼭 세계가 넓어지는 건 아니야. 한 가지를 얼마나 깊 이 파고드는가에 따라 사람의 세계가 깊어진다고 생각 해."

고등학생은 입을 다물었다. 오후 다섯 시를 알리는 방송이 나왔다. 먼 산에 해가 졌다. 파친코 가게에서 사 람들이 하나둘 나와 잰걸음으로 지나갔다.

"내가 태어나고 자란 마을에는 겨울 끝 무렵에 노란 모래가 내렸어."

"노란 모래?"

"응. 황사라는 거, 들어본 적 있지?"

"……중국인지 몽골인지에서 내리는 거던가."

"맞아, 그거. 황토가 건조해서 바람에 휩쓸려 올라가 거든. 그게 바람을 타고 일본으로 와. 편서풍을 타고 동 중국해를 건너오는 거야. 보통 겨울이 끝나고 남풍이 불 시기에 황사가 와. 돌풍이 불기 시작한다 싶으면 샛 노래. 동해 쪽은 그 시기에 비나 눈이 내리니까 자동차 도 지저분해져서 난리지. 축축하게 젖고 황사로 질척 질척해지거든."

나는 가만히 이야기를 들으며 노랗게 물든 마을 풍 경을 상상했다. 지붕도 길도 공원도 노랗고 노란 개가 달린다. 노란 초등학교에 노란 쇼핑센터. 어린 고요미 씨도 노랗고, 노란 친구와 놀고 있다.

"그런데 이렇게 말해도, 아무리 자세하게 설명해도 노란 모래가 내린 날의 정경은 완벽하게 전달되지 않 아. 모래가 내린 날의 기상 조건이나 모래 알갱이의 크 기 같은 걸 설명했다고 해보자. 그러면 노란 모래를 어느 정도는 상상할 수 있겠지. 그래도 내 모래와 너의 모래는 달라. 왜냐하면 노란 모래가 내린 날에 운동화를 신으면 어떻게 더러워지는지, 그래서 내가 얼마나 속이 상했는지 너는 모르잖아. 밖에 널지 못하고 집 안에 널어둔 빨래에서 축축한 냄새가 나는 것도. 이렇게 노란 모래에 따라오는 건 아주 많거든. 네게는 황사가 지식일 뿐이라도 나한테는 세계의 일부야."

그리고 고요미 씨는 이야기를 되돌리려는 듯이 "즉" 하고 말했다.

"너는 너만의 세계를 일구기 위해 학교에 다니는 거 아닐까?"

"그러니 학교에서 배우는 건 다 탁상공론이라니까."

"그중에 하나라도 좋으니까 흥미를 느끼는 건 없어? 만약 전혀 흥미를 느끼지 못한다면 어쩔 수 없지. 학교란 그런 곳이라고 하나의 단원 혹은 지도의 한 지점으로 네 세계에 추가될 거야. 하지만 만약 재미있다고 생각하는 것이 있다면 그게 세계의 출입구가 될 거야. 너에게는 돌파구일 수도 있고. 언제든 열 수 있어. 그 문을 통해 너는 밖으로 나갈 수 있어."

　오늘 밤에는 고요미 씨와 둘이서 비디오를 봐야지.
저녁은 간단히 파스타를 만들어 먹으면 되려나. 양배
추와 안초비라면 집에 있을 것이다. 그리고 시금치와
토마토와 치즈로 샐러드를 만들고, 뭐든 국물도 곁들
이자. 먹기 좋아하는 사람과 동거해서 다행이라고 새
삼스럽게 생각하면서 파친코 가게 옆길로 접어들었는
데, 저 안쪽 고요미 씨 가게 앞에 남자들이 무리 지어
있었다. 뭐지? 의아해하며 다가가는데, 그중 한 명이
갑자기 큰 소리를 냈다.

　"이것 보쇼, 웃기지 마."

　젊은 남자의 목소리였다. 이어서 다른 남자의 목소
리가 들렸다.

　"아가씨, 우리가 우스워?"

　그러면서 조립식 가게를 걷어찼다. 쿵, 불쾌한 소리
가 났다. 쿵, 쿵쿵. 다른 남자가 또 찼다.

　나는 정신이 확 나갔다. 스스로도 놀랄 만큼 성난 목

소리가 나왔다.

"어이, 무슨 짓이야. 너희, 지금 뭐 하는 거야?"

젊은 남자들이 뒤를 돌아보았다. 너희라니. 최소한 네놈들 정도는 말하고 싶었다. 열이 오른 머리로도 내가 얼마나 박력이 없는지 알았다. 이어질 전개가 뻔했다. 문득 고통의 예감이 생생하게 느껴졌다. 입에서 철을 핥은 맛이 났다.

이쪽을 돌아본 남자들의 얼굴은 다 앳됐다. 내 목발로 시선이 쏠리는 것을 알아차렸다. 맨 끝에 선 소년이 까만 바지 주머니에 손을 넣었다. 칼이라도 들고 있는 모양이다. 칼 따위 꺼내지 않아도 쉽게 이길 상대인 줄 보면 모르나. 주머니에 손을 넣은 채, 소년이 천천히 이쪽으로 다가왔다. 여차하면 이 목발로 있는 힘을 다해 저 녀석의 머리를 내리쳐야지. 어쨌든 고요미 씨만큼은 도망쳐야 한다. 이런 곳에서 저런 놈들에게 당하더라도 고요미 씨만 지킬 수 있다면 괜찮다. 최악은 둘 다 당하는 것이다. 내가 저놈들에게 찔리거나 맞는 동안에 고요미 씨는 도망치라고 필사적으로 생각하며 순간

적으로 고요미 씨를 보았는데, 그녀는 딱히 겁에 질린
기색도 없이 가게 안에 서 있었다. 나와 눈이 마주치자
슬며시 웃기까지 했다.

"너희, 여기 경비원이 금방 올 거야."

차분하고 낭랑한 목소리가 나를 냉정하게 해주었다.
최소한 경품 교환소에는 사람도 있고 비상 버튼도 있
을 것이다. 거기까지 도망치면 어떻게든 되리라는 생
각에 거리를 어림짐작하는 내 옆을 지나 소년들이 허
둥지둥 도망쳤다. 쿵, 가게를 한 번 더 걷어찬 뒤, 나중
에 보자는 뻔한 말을 남기고서.

"뭐야, 지금?"

무릎에 힘을 주어 떨림을 감추고 다가가자, 고요미
씨도 가게에서 나와 소년들이 멀어진 쪽을 보며, "글
쎄, 붕어빵 강탈인가. 이런 곳에는 현금이라고 해봤자
얼마 없는데" 하고 태평스럽게 말했다. 무사해서 다행
이라는 생각과 동시에 내 안의 무언가가 갈 곳을 잃고
가라앉았다. 남자의 머리를 내리치는 은색 목발의 궤
적마저 보이는 기분이었다.

그날 밤, 파스타를 먹은 뒤에도 여전히 저녁 무렵의 흥분이 남아 있었다.

"그 녀석들, 얌전히 사라져서 다행이긴 한데 대체 왜 그랬을까?"

너희라는 말밖에 못 했으면서 지금은 그 녀석들이라니, 내가 생각해도 조금 염치가 없었다.

"어쨌든 기분은 풀렸으니까 갔겠지."

고요미 씨는 무심하게 대답했다. 그런 차분함이 나는 별로였다. 목발은 보는 사람의 심리를 어딘지 자극한다. 보통은 보고도 못 본 척하지만, 가끔 집요한 공격을 받을 때가 있다. 오늘 그들이 그냥 놓아준 것은 운이 좋아서였다.

"왜 파친코 가게 옆에 가게를 낸 거야."

내가 묻자, "그러게" 하고 고요미 씨는 웃었다.

"손톱깎이 좀 줄래?"

나는 의자에 앉은 채로 손을 뻗어 서랍장에서 손톱깎이를 꺼내 고요미 씨에게 건넸다.

"좀 안전한 곳이 낫지 않겠어? 여자 혼자니까."

"안전한 장소 말이지."

"그래, 공원이나 신사 같은."

"역 앞 파출소 바로 앞도 안전하겠지."

"진지하게 들어. 여자가 가게를 낼 때는 보통 사람이 많이 다니고 밝고 청결하고 건전한 곳을 고르지 않아?"

"하지만 그런 곳은 대부분 가게를 내면 안 되거든. 괜찮은 곳은 관리가 엄격하니까. 제대로 된 가게를 내기에는 자금이 부족했고."

고요미 씨는 발톱을 깎으며 대답했다.

"그리고 포장마차를 끌고 다니며 노상에서 개점하는 것도 자유로워 보이지만 절대 자유롭지 않아. 영역 의식이 확실하고 자릿세도 내야 하거든. 그런 점에서 파친코 가게 주륜장은 남들은 잘 모르지만 좋은 위치야. 그거 알아? 파친코 가게는 경찰이 눈에 불을 켜고 지켜보니까 단속도 제대로 하고, 경비원을 꼭 둬서 문제가 생기지 않게 해. 그리고 내 가게, 공짜로 운영하게 해줬어. 그쪽 입장에서도 편하거든. 파친코를 하러 오는 손님은 대부분 개점하자마자 들어와서 몇 시간이나 게임을 하잖아. 도중에 그만두지를 못하지, 그건 마약 같은 거니까. 그렇게 몇 시간을 보내고 퍼뜩 정신이 들어서 배가 고프다 싶어 가게를 나왔는데, 고개를 돌리니 붕어빵 가게가 짠."

고요미 씨는 바닥에 앉아 고개를 들고 생긋 웃었다.

"그 붕어빵이 또 특별하게 맛있지. 야금야금 먹고 기운을 차려서 좋아, 한번 더 해보자, 하고 다짐하며 파친코를 하러 가. 밖에 나가서 밥을 먹으면 돌아올 확률이 거의 제로야. 파친코 가게는 원래 라면이나 가벼운 식사를 팔아주길 원했는데 내 붕어빵을 먹여서 납득시켰지. 나도 어느 정도 타협해서 음료도 내놓기로 했고."

음료라면 그 민들레 뿌리를 끓인 커피색 액체인가. 그건 그냥 그랬다. 팔 마음이 없는 것이다. 붕어빵에 집중하고 싶은 것이다.

"그런 거래나 협상 같은 걸 전부 고요미 씨 혼자 해왔어?"

"별로 어려운 일도 아니잖아. 단골손님이었어, 그 파

친코의. 그래서 자연스럽게 이야기가 흘러갔지."

고요미 씨는 말하다가 피식 웃더니 "그건 그렇고" 하고 화제를 돌렸다. "싸움에 서툴더라."

손톱깎이를 내려놓고, 내 오른발을 양팔로 감싸 안았다.

"그 상황에서 내가 난동을 부리면 수습하기 더 어려워. 가게가 있으니까 도망치지도 못하고. 유키 씨가 와준 덕분에 살았어. 고마워."

그러고는 내 오른발을 놓고 말했다.

"가게만 없었다면 나, 그런 놈들한테 절대로 안 지는데."

흥분했던 감정이 순식간에 차갑게 식었다. 고요미 씨의 고요한 눈빛은 분명 보통내기가 아니었다. 고요미 씨는 내가 모르는 세계에서 살아왔다. 노란 마을에서 리스본과 놀던 여자. 가족이 뿔뿔이 흩어졌다는 여자. 파친코 가게의 단골이었다는 여자. 싸우면 지지 않는다는 여자. 이 사람을 지킬 수 있다고 믿었던 내 순진함과 필사적이었던 마음이 우습게 느껴졌다.

하지만 그 남자들이 돌아올까 봐 두려웠다. 돌아와도 고요미 씨는 모른다. 가게를 노리는 거라면 그나마 낫다. 고요미 씨는 결코 지지 않을 것이다. 그러나 고요미 씨가 표적이 되면, 얼굴을 기억하지 못하는 고요미 씨는 경계조차 할 수 없다.

"욕실 전구가 나갔는데." 욕실에서 크게 외쳤다. "사둔 거 있었나?"

말하고서 깨달았다. 고요미 씨는 모른다. 그래도 요즘은 실수를 알아도 능숙하게 시치미를 뗐다. 고요미 씨도 그다지 당황하지 않고 "잘 모르겠네" 하고 받아쳤다. 찾느니 사러 가는 것이 빠르다. 내 다리로도 편의점까지는 150걸음이면 닿는 거리다.

전구를 사서 돌아왔을 때 고요미 씨는 누군가와 통화하는 중이었다. 이따금 즐겁게 웃었다. 욕실 전구를 바꾸고 샤워를 했다. 고요미 씨의 샴푸를 멋대로 썼다가 혼이 나곤 했는데, 고요미 씨는 양이 줄어든 것을 모를 텐데 왜 들키는 건지 언제나 의아했다. 오늘도 들킬지 궁금해하며 샴푸 병으로 손을 뻗는데 고요미 씨가 왔다. 문을 살짝 열고 "전화야" 하고 말했다.

"누구?"

"누님."

"다시 건다고 해줘."

"알았어."

고요미 씨는 문을 닫으면서 "그거 내 거야" 하고 말했다. 나는 병을 원위치에 돌려놓고 비누로 머리를 감았다.

수건으로 머리를 털며 방으로 돌아왔을 때, 고요미 씨는 바닥에 앉아 여전히 통화 중이었다. 내 얼굴을 보고 "아, 지금 왔어요. 잠깐 기다리세요" 하고 수화기를 건넸다.

"누군데?"

"그러니까 누님이라고."

"뭐? 아까부터 계속 통화한 거야?"

어쩌면 편의점에서 돌아왔을 때도 누나와 통화하고 있었을지 모른다고 생각하며 전화를 받았다.

"여보세요, 유키?"

"뭐야, 꽤 길게 얘기한 것 같은데."

"미안, 나도 모르게 열중했어. 오늘, 고요미 씨 가게에 갔었어. 그래서 마음이 맞았다고 할까, 죽이 잘 맞았다고 할까. 아, 둘 다 비슷한 뜻이네."

"그건 됐고, 무슨 일인데?"

"무슨 일이긴. 나, 고요미 씨가 정말 재미있는 사람이란 걸 알고 기뻐서, 집에 들러 어머니한테 보고했어."

"누나, 진짜 할 일 없구나."

"할 일이 없는 사람이라 미안하게 됐네. 어쨌든 고요미 씨, 맘에 들어. 얘기하는 내내 정말 즐거웠어. 그렇게 말했더니 어머니도 안심하시더라. 문제는 아버지야. 아버지, 예전부터 완고하시잖아. 고요미 씨를 붕어빵 가게 딸이라고 믿었던 모양이야. 본인이 직접 붕어빵을 굽는 줄은 몰랐나 봐. 붕어빵 가게를 운영한다고 했더니 복잡한 표정을 짓고는 뭐라고 했는지 알아? 왜 다코야키가 아니냐는 거야. 다코야키라면 평생 직업으로 생각할 수 있지만 붕어빵으로는 먹고살 수 없다고 하지 뭐야. 참 오지랖도 넓으시지. 그래서 아버지한테 고요미 씨의 붕어빵을 한번 드셔보시라고 했어. 일단 먹어보면 알 테니까. 그럼, 오래 붙잡아둬서 미안해. 고요미 씨한테 인사 전해줘."

누나는 목소리를 낮췄다.

"고요미 씨, 보통이 아니야. 유키 너한테는 아깝다."

그러더니 즐거운 듯 웃었다.

고요미 씨는 도서관에서 자주 책을 빌렸다. 읽고 마음에 들어야만 새 책을 샀다. 짐을 늘리지 않으려고 그러는지도 모르겠다. 어쨌든 사 오는 것은 1차 선발을 통과한 책이고, 자그마한 책장에 남는 것은 또 한 번 선택된 책뿐이다. 나는 그 책장에서 같은 책을 두 권 발견했다. 어지간히도 마음에 들어서 두 권을 샀구나 생각했는데, 살펴보니 쇄가 달랐다. 같은 시기에 산 것이 아니라 전에 읽고 마음에 들었던 책인데 잊어버리고 또 산 것 같았다. 그건 그렇고 도서관에서 두 번이나 빌리고 서점에서 두 번이나 사고, 두 번 다 마음에 들어서 책장에 남긴 셈이니 고요미 씨에게 의미가 있는 책일 터였다. 이 책 빌려도 될까? 하고 물어보자 고요미 씨는 책을 보지도 않고 괜찮다고 대답했다.

책을 읽다가 깜짝 놀랐다. 기억력을 잃어가는 수학자의 이야기였다. 오싹오싹 소름이 돋고 마음이 불안해졌다. 수학자는 매일 아침, 단시간밖에 기억하지 못하는 자신을 확인하고 눈물을 흘렸다. 고요미 씨가 어떤 심정으로 이 책을 읽었을지 상상하니 가슴이 아팠다. 아름다운 소설이었지만 읽을수록 기분이 나빠졌고, 어찌어찌 참고 마지막까지 읽긴 했지만 치미는 분노를 누를 수가 없었다. 소설에 화가 난 것은 아니다. 하물며 고요미 씨에게 화를 내는 것도 번지수가 틀렸다. 그런 건 잘 알고 있다.

거실에서 고요미 씨가 저녁을 만들고 있었다. 콧노래를 흥얼거리며 브로콜리를 데치는 고요미 씨에게 "나 브로콜리 안 좋아해"라고 말을 걸었다. 처음에는 조용한 목소리였다.

"브로콜리는 보기만 해도 불쾌해질 정도야."

배 속에서 부글부글 소리가 났다. 기분 나쁜 식은땀이 솟구치는 것을 느꼈다.

"싫어하는 줄 알면서 왜 데치는 거야?"

"어, 브로콜리 싫어했어?"

별로 중요하지 않은 일이다, 그만두자, 너무 심술궂잖아, 라고 생각했다. 상념이 멈추지 않았다.

"싫어해. 어제도 말했어. 싫어한다고."

고요미 씨는 놀라서 몸을 돌리고 동그란 눈으로 나를 바라보았다. 멀리 뜬 구름은 하늘에 얌전히 멈춰 있는데 그 앞의 얇은 구름은 조각조각 나 바람을 타고 흘러간다. 우리의 나날은 덧없는 구름처럼 멈추지 않고 흘러간다.

"어제도 말했는데 잊어버렸어?"

금방이라도 떨릴 것 같은 내 목소리를 몰랐을까. 고요미 씨는 태연하게 "미안해"라고 말하며 웃었다.

"사실은 나도 별로 좋아하지 않아. 그래도 몸에 좋다니까 가끔은 먹어도 괜찮겠다 싶어서."

"그러니까 가끔은 괜찮은데 어제도 먹었다고. 기억

못 해?"

결국 목소리가 커졌다. 기억 못 해? 기억 못 해? 폭력이었다. 내가 지키려고 했던 고요미 씨를 내가 구타하고 있다. 고요미 씨는 상처를 받아도 어차피 내일이면 잊어버린다. 무시하는 것은 아니다. 오히려 반대다. 이럴 때야말로 눈앞의 무방비한 사람 안에 내 악의가 분명히 그림자를 드리울 것이라고 확신했다. 어딘가에 남는다. 해마가 기억하지 못하더라도 고요미 씨에게 영향을 주고 고요미 씨를 바꾼다. 그래서 나는 더애가 탔다. 내 악의는 고요미 씨를 바꾸는데 나와 함께하는 생활은 고요미 씨를 바꾸지 못한다. 중요하지 않으니까.

특별한 날의 특별한 일을 기억하지 못하는 것은 쓸쓸하지만 참을 수 있다. 내가 고요미 씨 몫까지 기억하면 된다. 그러나 조금 더 소소한, 아침에 맛있게 먹은 마른반찬이나, 빨래를 널 때의 습관이나, 둘이 함께 걸어서 돌아오던 길에 떠 있던 달이나, 그런 일상생활의 기억이 쌓이지 않는 건 참을 수 없었다. 이런 사소한 것이야말로 인간을 만드는 것 아닐까?

　다음 날은 일요일이었다. 아침에 일하러 가는 고요
미 씨를 배웅하고, 창문을 열고 청소를 시작했다. 나는
집안일이 싫지 않았다. 혼자 살았어도 청소는 했다. 그
래도 오늘은 사과하고픈 마음도 섞여 있었다. 집을 깨
끗하게 해서 최소한 고요미 씨 안의 즐거움을 늘려주
고 싶었다. 남지 않았으면 하는 것일수록 남는다. 분명
히 그럴 것이다.

　청소기를 돌리고 가스레인지를 닦았다. 식기장 서랍
을 꺼내 안을 정리하려고 할 때였다. 요리 메모를 모아
둔 클립 아래에 종잇조각이 끼워져 있었다. '유키 씨는
브로콜리를 싫어한다.' 다른 종잇조각에는 '유키스케,
곰탕 좋아함'이라고 적혀 있었다. 전에 고요미 씨가 만
들어준 꼬리 수프가 맛있어서 몇 번이나 더 달라고 했
었다. 그렇게 걸쭉하고 하얀 국물을 곰탕이라 한다고
고요미 씨가 알려주었다. 그날 밤에 적어둔 것이리라.
나는 요리 메모 아래에 종잇조각을 되돌려놓았다.

조리대 아래, 쓰레기봉투와 랩 따위를 넣어두는 상자에서도 종잇조각이 나왔다. '유키, 브로콜리'라고 휘갈겨 쓴 글자 위에 커다랗게 엑스 표시를 해놓았다. 이건 언제 썼을까. 어제일까, 그제일까. 내가 화를 낸 뒤에 써서 여기에 넣어뒀을까. 일부러 크게 숨을 들이마시고 한숨으로 내쉬었다. 여기에 넣은 것도 잊어버릴 텐데. 다람쥐 리스본을 떠올렸다. 고요미 씨는 틀림없이 사방에 종잇조각을 넣어두었을 것이다.

나는 '브로콜리' 아래에 '미안'이라고 적은 다음 종이를 상자에 돌려놓았다가 다시 꺼내 쓰레기봉투에 버렸다. 잊어버려도 된다. 브로콜리 따위 얼마든지 먹어주마.

종잇조각에 메모를 남기고 사진을 찍고 일기를 쓰고 달력을 지운다. 이렇게 수많은 점을 이어 사라져버리는 오늘을 내일로 연결하려고 노력하고 있었다. 점이 이어지면 내일로 이어진다고 믿는 걸까. 정지 그림 여러 장을 연속해서 비추면 그림이 움직이는 것처럼. 그림과 그림 사이의 공백은 가능한 한 모르는 척하며. 그렇다면 나는 오늘의 고요미 씨 곁에 머물며, 때로는 내일 쪽에서 손을 뻗어 고요미 씨의 나날이 무리 없이 이어지도록 징검돌을 성큼성큼 넘어 건너겠다.

밤에 누나가 전화를 했다. 내가 받자 "고요미 씨는?" 하고 물었다. 아직 돌아오지 않았다고 대답하자 "에이, 할 말이 있는데"라며 아쉬워했다. 생각이 나서 누나에게 물어보기로 했다.

"인간이 무엇으로 이루어졌다고 생각해?"

느닷없는 질문이었지만 누나는 망설이지 않고 "젖"이라고 대답했다.

"태어나서 1년 가까이 모유로 자라는 거니까. 인간은 대단하다고 말하고 싶지만, 사실 인간을 구성하는 건 대부분 단백질과 물이래."

"무기질적인 대답이네."

"단백질은 유기질이야."

"누나, 「남자아이는 무엇으로 만들어졌을까?」라는 시 몰라? 머더구스 말이야. 그런 추상적인 질문이야. 인간은 무엇으로 만들어졌을까?"

"그래서 남자아이는 무엇으로 만들어졌는데?"

"잊어버렸어."

"개구리와 달팽이, 강아지 꼬리로 만들어졌다고 하지, 그 시에서는. 너 정말 아는 게 없구나."

나는 헛기침을 한 번 했다.

"사람은 먹은 음식과 마신 물로 이루어지는 게 당연하다고 생각해. 그러니까 몸에 집어넣는 것에는 조심해야지."

그 말을 마치고 누나는 잠깐 입을 다물더니 한층 낮아진 목소리로 "기억일까"라고 말했다.

"기억?"

"그래. 태어나서 지금까지의 기억. 의식에 떠오를지 말지에 관계없이 경험한 전부가 사람의 형태를 만든다고 생각해. 그리고 그 사람이 태어나기 전까지 거쳐온 선대의 기억. 사람은 그것을 이어받아 살아간다고 생각해."

사람이 기억으로 만들어졌다면 기억을 잃어버린 사람은 어떻게 살아야 할까. 기억을 만들지 못하게 된 사

람은 살아갈 의미가 없다는 말 같다. 그렇지 않다. 가슴
이 답답해서 생각의 방향을 바꾸기로 했다. 나는 서둘
러 기억에 관해 생각해보았다. 내 기억 속의 고요미 씨.
다른 누군가의 기억 속에도 고요미 씨가 있고, 같은 인
물이지만 조금씩 다르다. 어쩌면 전혀 다른 사람일지
도 모른다. 언젠가 고요미 씨가 말했던 세계 이야기와
조금 비슷했다.

"너는 어떻게 생각하는데?"

누나가 물었다.

'설명하기는 어려운데 기억만은 아닐 거야. 아마'라
고 말하려는데 갑자기 누나가 말을 가로챘다.

"추억이라고 말하면 죽여버릴 거야."

"험악하기는."

"나, 추억이라는 말 싫어해. 추억 자체는 어쩔 수 없
지, 자연히 생기니까. 하지만 추억이랍시고 끄집어내
면 사이비 같아. 특히 추억 만들기는 최악이지. 본말전
도야. 지금을 내버리고 뒤를 돌아보고, 마음이 현재에
없는 거잖아. 사람은 추억 따위로 만들어지지 않았어."

"아니야, 누나. 나는 추억이 아니라 생각이라고 말하
려 했어."

수화기 너머에서 음, 하고 말을 삼키는 기척이 났다.

"생각이라."

"사람은 매일 생활 속에서 하는 생각으로 이루어지
는 것 같아."

"잘됐다. 그런 마음가짐이야."

무슨 마음가짐인데, 하고 나는 작게 투덜거렸다. 어
쨌든 사람이 기억으로 이루어진다니, 그것만큼은 단호
하게 부정해야 한다. 정말로 기억일 것 같아서 울고 싶
어졌다.

아, 또 저 녀석이다. 오늘도 왔다.

저번의 그 건장한 고등학생이 고요미 씨의 카운터에
팔꿈치를 올리고 열심히 수다를 떨고 있었다. 다른 재
미있는 일도 많을 텐데, 하굣길에 교복 차림으로 고요
미 씨의 가게에 빈번히 얼굴을 내밀었다. 게다가 한번
오면 오래 머문다. 붕어빵 하나로 버틴다. 그러면서 고

요미 씨에게 이런저런 이야기를 늘어놓으며 즐거워했다. 외모는 나쁘지 않다. 요즘 학생답진 않아도 오히려 그래서 제대로 된 고등학생처럼 보였다. 교복을 입어도 길쭉한 다리가 건강하게 뻗어 있었다. 가게를 향해 걸으며 나는 빨리 움직이지 못하는 내 다리를 의식했다. 기척을 느끼고 돌아본 고등학생은 노골적으로 귀찮다는 표정을 지었다. 내가 오면 슬슬 문을 닫을 시간인 줄 알고 있는 것이다. 붕어빵 두 마리를 주문한 내게 지지 않을 심산인지, 소년도 한 마리를 더 주문하고 카운터 정중앙에 진을 쳤다.

붐빌 때가 아니면 고요미 씨는 주문을 받는 동시에 굽기 시작한다. 철판 위로 감질나는 시간이 흘렀다. 구워지기를 기다리는 동안과 먹는 동안만큼은 카운터에 머물 권리가 보장된다. 고등학생은 내 시선을 무시하고 이야기를 계속했다.

"그래서 이제 지망 학교를 정해야 한다는데 아직 앞으로 뭘 하면 좋을지 못 정했어"라며 고민 중인 척하는 표정을 지었다. 진지하게 고민하는 것으로 보이지는 않았다. 고등학교도 그만두고 싶다고 한 사람은 어디에 사는 누구시더라. 천연덕스럽게 대학 입시를 치르려고 하다니 팔자도 좋다. 고요미 씨가 진지하게 대꾸해주니까 우쭐대는 것이라고 생각하며 카운터를 등지고 섰는데, 철판에서 고개를 든 고요미 씨가 담담하게 말했다.

"대학은 갈 곳이 못 돼."

"어?"

고등학생은 작게 되물었다.

"대학은 가봤자 좋을 게 없어."

고요미 씨가 한 번 더 말했다.

"꼭 공부하고 싶은 것이 있다면 또 모르지만."

"왜 안 좋은데?"

"쓸데없는 걸 머리에 넣어야 할 이유가 없으니까. 의미 없는 정도가 아니라 폐해가 커."

"대학에 안 가면 불리해지잖아."

"불리하다니, 뭐에?"

"사회적으로"라고 대답하며 고등학생은 난감한 표

정을 지었다. 머리가 나빠 보이지는 않았다.

"사회적으로 어떻게 불리한데?"

"하고 싶은 일을 하지 못한다거나."

"하고 싶은 일이 있어?"

"지금은 없지만 언젠가 생겼을 때, 대학에 갔으면 좋았겠다고 후회하긴 싫으니까."

달걀과 밀가루와 설탕이 구워지는 달콤하고 향긋한 냄새가 났다. 고등학생은 고요미 씨의 얼굴을 제대로 보지 못했다. 붕어빵 가게를 하는 고요미 씨를 배려하는 것이다. 기특하긴 했다. 그렇지만 나는 파친코 가게의 벽을 바라보며 고요미 씨를 우습게 보지 말라고 생각했다.

"직업에 대해서는 잘 모르지만" 하고 고등학생은 어물거리며 "고요미 짱, 지난번에는 다양한 것을 알면 좋다고 했었잖아"라고 맥 빠진 말투로 항의했다.

고요미 씨는 새침하게 "대학에 가도 별로 대단한 건 못 배우거든" 하고 대답하며, 철판에서 붕어빵을 솜씨 좋게 떼어냈다. 김이 피어올랐다. 붕어빵을 얇은 종이로 감쌌다.

"자, 여기. 오래 기다리셨습니다."

따끈하게 구워진 붕어빵을 건네받고 나면 이제 뭐라고 말할 수 없다. 바삭바삭한 껍질에 덤벼드는 수밖에 없다.

대학에 가서 4년이라는 시간을 만성적으로 보내느니 이렇게 붕어빵을 굽는 편이 훨씬 더 가치 있다. 머릿속에 떠오른 진부하지만 솔직한 감정을 물론 입 밖에는 꺼내지 않았다. 고등학생은 묵묵히 붕어빵을 먹다가 고심한 끝에 말했다.

"그래도 가보지 않으면 모르잖아?"

철판 너머에서 고요미 씨가 웃었다.

"맞아. 직접 가보지 않으면 모르지. 대학에서 재미를 발견하는 사람도 있을 거야. 나는 지루했지만."

고등학생은 조금 놀란 모양이었다. 나도 그랬다. 고요미 씨가 대학을 나왔을 줄은 몰랐다.

"아, 지금 의외라는 표정이네. 뭐야, 겨우 대학 가지고."

그때, 어느새 뒤에 와서 듣고 있던 아주머니가 끼어들었다.

"아가씨, 젊은 사람의 가능성을 짓밟는 말을 하면 안 돼요. 젊은 사람에게는 무한한 가능성이 있으니까."

고요미 씨는 아주머니를 보며 입술을 살짝 올려 보였다.

그날 밤, 창가에 둔 쿠션에 기대어 둘이서 밤하늘을 구경했다. 별을 찾아보았지만 보이지 않았다.

"저기, 낮에 한 얘기 말인데."

내가 말을 꺼냈다. 고요미 씨는 목욕을 마치고 남색 잠옷을 입고 있었다. 하얀 피부가 한층 돋보여서 낮보다 말라 보였다. 짧은 머리는 아직 젖어서 샴푸의 좋은 향이 났다.

"진로 상담."

"아아, 그건 상담이 아니야. 그 애, 어떻게 하면 좋은지 스스로 잘 알고 있어. 그냥 다른 사람이 좀 들어주길 바란 거지."

진로 상담에서는 무난하고 문제 될 것 없는 말이 인

기다. 상담받는 쪽도 상담해주는 쪽도 도망칠 길이 생기기 때문이다. 그래도 고요미 씨는 상투적인 말을 하지 않았다. 미래니 장래니 가능성이니 하는, 새빨간 거짓말 같은 단어가 고요미 씨 입에서 나오지 않아 나는 순수하게 기뻤다.

"아, 내가 대학에 갔다고 해서 유키 씨도 놀랐어? 아, 싫다. 겨우 대학 가지고."

고요미 씨는 낮과 똑같이 말했다.

"그게, 대학을 졸업한 여자라면 웬만해선 붕어빵 장사를 하지 않을 것 같아서."

"졸업하진 않았어, 들어가기만 했지. 여름이 되기 전에 곧바로 그만뒀어."

젊은 사람에게는 가능성이 있다는 난폭한 말을 왜 아무렇지 않게 할까. 무언가가 될 가능성도 있지만 무엇도 되지 않을 가능성도 있다. 은행을 털 가능성도 있고 털지 않을 가능성도 있다. 그런 의미에서는 무한할지도 모른다. 만약 젊은 사람의 가능성이 정말 무한하다면, 나이를 먹어서 가능성이 절반으로 줄었더라도 무한의 절반이다. 9할의 길이 막혔더라도 아직 1할이 남아 있다. 무한은 1할이라도 무한이 아닌가.

"피아노를 배웠어."

고요미 씨는 별 찾기를 포기하고 머리를 수건으로 살살 닦으며 말했다. 창을 열어두어서 밤바람이 차가 웠다.

"고등학교 졸업이 다가오면서 피아노를 할 것인지 학업을 할 것인지 선택해야 했어. 둘 다 선택할 수는 없 다고 판단해서 학업을 선택했고. 피아니스트가 될 생 각은 없었으니까. 피아노로 시험을 치르거나 순위가 매겨지는 건 싫었어. 그렇지만 학문으로 입신양명할 마음도 없었다는 걸 대학에 들어가자마자 깨달았어."

"피아노를 계속하고 싶었어?"

"응, 대학에 입학하면서 상경했는데 피아노를 가져 오지 못했어. 전문적으로 공부했으면 즐거웠겠다 싶 어."

"피아니스트가 되지 못하는데?"

"악기를 제대로 익혀두면 음악을 들을 때 깊이가 달

라. 재미가 다르다고 해야 하나? 악기는 내가 연주하기 위한 것만은 아니니까."

나는 고요미 씨가 피아노를 치는 줄 몰랐다. 클래식을 듣는 모습을 본 적도 없다. 집에서는 록 음악만 틀어 놓았다.

가능성에 집착한 것은 오히려 나였다. 고요미 씨를 잘 알지도 못하면서. 기억을 만들지 못한다는 것 하나만으로, 미래나 장래나 가능성 같은 새빨간 거짓말이라도 반짝반짝 빛나는 것을 고요미 씨가 전부 잃어버렸다고 단정해버렸다. 오만한 것은 나다. 나는 고요미 씨가 반짝이는 대상에 시선을 주는 것이, 시선을 주고 상처를 받는 것이 두려웠다.

손님의 발길이 뜸해진 저녁 무렵이었다. 상점가에서 쇼핑을 하고 돌아가던 젊은 엄마가 손을 잡고 있는 딸과 자신의 몫으로 붕어빵 두 마리를 샀다. 둘이 붕어빵을 먹으며 걸어가자 고요미 씨는 철판을 닦기 시작했다. 파친코 가게에서 나온 남자가 느릿느릿 다가와 카운터에 서서 가게 안을 들여다보았다.

"아가씨, 이런 곳에서 붕어빵을 팔면 돈이 좀 되나?"

남자는 붕어빵을 사지도 않고, 위에 걸친 점퍼 주머니에 양손을 찔러 넣은 채로 조립식 건물을 쭉 둘러보았다.

"건실하지 않은 삶은 편해 보이지만 오히려 힘들지 않아?"

고요미 씨는 손을 멈추지 않고 살짝 웃으며 한 마디 두 마디 맞장구를 쳤다.

"내일 무슨 일이 생길지 모르는 시대니까."

남자는 잘났다는 듯이 말했다. 나는 화가 나서 주류장 자갈을 목발로 찔렀다. 저런 건방진 남자는 내일 구조 조정을 당해 허둥거릴 것이다. 아닌 밤중에 홍두깨, 마른하늘에 날벼락이라면서 난동을 부린다. 내일 무슨 일이 생길지 모른다는 말은 사실은 아무 일도 일어나지 않는다고 믿는 사람이 하는 소리다. 지금이다. 무슨 일이 일어날지 모르는 것은 내일이 아니라 지금이다.

남자는 주머니에서 무언가를 꺼내 카운터 너머로 고

요미 씨에게 건네고 다시 느릿느릿 걸어갔다. 파친코 가게의 어둠 속으로 사라지는 모습을 지켜보고 나는 가게 안의 고요미 씨에게 물었다.

"저건 또 뭐야. 뭐였어?"

고요미 씨는 철판을 닦으며 기분 좋은 목소리로 "이거" 하고 작업대를 돌아보았다. 초콜릿이 하나. 거기에 볼펜이 세 개. 볼펜은 파친코 가게의 환급용 경품이었다.

"내가 정말 어려워 보였나 봐."

고요미 씨는 재미있어했다.

"저 아저씨도 동업자래. 그런데 요즘 장사가 전혀 안 돼서 눈을 마주치는 것도 괴롭대."

"누구랑?"

"붕어빵이랑."

어느 날, 아버지가 폐점 시간에 찾아왔다. 곧장 걸어와, 놀란 내게는 눈길도 주지 않고 가게 안의 고요미 씨에게 "처음 뵙겠습니다, 유키스케 아비 되는 사람입니다" 하고 무뚝뚝하게 말했다. 회사에 다니던 시절처럼 단정한 복장이었다. 고요미 씨도 아버지의 진지한 표정을 보고 정중하게 고개를 숙였다.

"가게는 벌써 끝난 건가요?"

아버지가 물었다.

"네, 닫으려던 참이에요. 하실 말씀이 있으면 여기도 괜찮고, 아니면 다른 곳으로 자리를 옮기면 어떨까요?"

고요미 씨가 말하자 아버지는 "아니, 붕어빵을 먹어 보려던 겁니다. 다시 오지요"라고 대답했다. 고요미 씨는 당황해서 말했다.

"아니에요, 지금 바로 구울게요. 잠깐 앉아서 기다려 주시겠어요?"

다리 세 개짜리 의자에 아버지와 나란히 앉아 기다렸다.

"전화라도 하고 오지 그러셨어요."

"갑자기 생각이 나서."

그런 것치고는 트위드 상의가 세련되었다.

"네 일은 괜찮니?"

억지 핑계로 갖다 붙인 듯한 질문이었다.

"그럼요."

내가 대답하자 아버지는 더 이상 묻지 않고, 별이 뜨기 시작한 하늘을 올려다보면서 붕어빵이 구워지기를 기다렸다. 다 구워진 후에도 말이 없었다. 묵묵히 먹고 일어나 "맛있군요. 고마워요"라는 말만 남기고, 우리가 붙잡는 것도 뿌리치고 혼자 돌아갔다.

아버지는 다음 날도 찾아왔다. 이번에는 폐점 시간보다 조금 일렀다. 너무 일찍 와서 나는 퇴근하기 전이었다. 고요미 씨가 혼자 아버지를 맞았다. 이야기를 전해 듣고 나는 아뿔싸 싶었다.

나중에 집으로 전화를 걸었다. 어머니가 받았다. 아버지를 바꿔달라고 부탁하자, 어머니는 웬일로 전화를 다 하나 싶었는데 나한테는 할 말도 없냐고 투덜거리며 아버지를 바꿔주었다.

"오늘도 오셨다면서요?"라고 묻자, 아버지는 "아아, 붕어빵이 먹고 싶어서"라고 대답했다.

"죄송해요. 고요미 씨가 아버지를 못 알아보지 않았어요?"

"그야 당연하지. 못 알아보는 게 당연해."

아버지도 알고 계셨나. 누나에게 들으셨을까. 누나는 확실하게 언급한 적은 없지만 고요미 씨의 상태를 알아차린 것 같았다.

"걱정하지 마라. 네가 좋다면 그걸로 됐다. 그보다."

아버지가 말했다. 즐거운지 목소리가 높아졌다.

"그 아가씨, 「겨울 여행」을 알고 있더구나."

내가 전에 얘기한 적이 있다. 알고 얼마 지나지 않았을 무렵이다. 아버지가 좋아하는 소설. 그나저나 주인공의 이름과 신문소설이라는 단서만으로 잘도 찾아냈다.

아버지와 통화하고 나자 갑자기 연구실로 돌아가고 싶어졌다. 보름 전부터 시작한 논문을 조금이라도 써두고 싶었다. 다른 사람의 연구를 돕는 틈틈이 하는 작업이다 보니 마음먹은 대로 진행이 되지 않았다. 그래도 쓰기 시작하자 그만둘 수 없었다. 내 손으로 무언가를 만들어내는 것이 이렇게 즐거운 줄 미처 몰랐다. 가설을 세우고 데이터를 모아 하나씩 검증해가는 일련의 작업에 나는 푹 빠졌다. 학창 시절에는 이런 즐거움을 몰랐다. 나한테는 아무것도 없다고 생각해왔다. 고요미 씨에게 있어 붕어빵의 존재에는 미치지 못하더라도, 아버지에게 있어 「겨울 여행」 같은 존재는 내가 사양하고 싶고, 누나에게 있어 아기라는 존재와는 좀 다를까, 아무튼 나는 수화기를 내려놓은 전화 앞에서 혼자 생각에 잠겼다. 내게는 쓰고 싶은 논문이 있다. 그렇게 생각하자 몸의 심지가 뜨거워지는 것 같았다. 다른 사람들이 출근하기 전에 논문을 쓰는 시간을 마련하고 싶다. 내일은 일찍 나가야지.

고요미 씨는 낮에 붕어빵을 굽기 때문인지 다른 요리에는 설탕을 쓰지 않았다. 단맛 없이 깔끔한 생선찜이나 초무침이나 우엉조림이 정말 신선했다. 아침 식사 때 과일을 조금 먹긴 하지만, 식후에 단것을 먹는 습관도 없었다. 그런 고요미 씨가 오늘은 경단을 반죽하고 있었다. 이유를 물으니 오늘은 보름달이 뜨니까, 라고 대답했다. 같이 달맞이를 하자며 즐거워했다.

저녁을 먹고 창문을 열자 달은 이미 하늘 저 높이 두둥실 떠 있었다. "하얗다." "동그라네." 이런 대화를 나누며 경단을 먹었다. 달빛이 우리를 비췄다. 새하얀 빛의 보호를 받으며 누구와도 만나지 않고, 모든 것에서 떨어져 지금이라는 시간 속에서 단둘이 살고 있는 기분이었다. 지금이 계속되기를, 나는 달에 빌었다.

문득 눈을 뜨자 방이 어렴풋하게 밝았다. 공기 입자가 자잘해서 촉촉하고 차분했다. 조용했다. 새벽일까? 졸리지는 않았다. 눈은 또렷하고 어깨는 가벼웠다. 베개 파임도, 천장 높이도, 창을 보고 누워 있는 고요미 씨의 등도, 모두 당연히 그래야 하는 것처럼 보였다. 이대로가 좋다. 이대로 계속, 여기서 이렇게 살고 싶었다. 내가 있는 조용한 세계는 마치 자전이 완만하게 멈춘 것만 같았다. 소리 없이 비가 내렸다. 비다. 나는 소리 없는 세계를 깨뜨리지 않으려고 조용히 목소리를 냈다. 비. 고요미 씨가 저쪽을 바라본 채로 속삭였다.

"달이 밝은데 비가 내리네."

울고 있었다. 고요미 씨는 울고 있었다. 오늘 밤에 뜬 보름달을 기억하고 있다고, 문득 생각했다.

"전부 다 기억하지 못하는 건 아니야."

어느 날, 고요미 씨가 말한 적이 있다.

"어제 꾼 꿈이 떠오르는 것처럼 한 장면이 순간적으로 떠오를 때가 있어. 그런데 너무 빨라서 붙잡지는 못해. 그 색깔이나 형태 같은 것이 눈앞을 스쳐 지나가, 아직 온기가 남은 채로. 잔상은 순식간에 사라지고 다시 돌아오지 않아."

고요미 씨는 조용히 울고 있었다. 잠들면 사라질 달. 그 빛을 받으며 비가 계속 내렸다. 나는 이쪽을 향한 하얀 월면에 가늘디가는 비가 내리는 광경을 상상했다. 고요미 씨는 조용히 울고 있었다.

생물의 신체는 창자에서 발달했다는 이론이 있다. 창자, 위, 식도에서 혀까지 이어지는 연결이 원초적인 생물이었다고 한다. 심장이 기억 일부를 담당한다는 리포트도 읽었다. 나는 장에서 혀까지 이르는 소화기

관이 신체를 만들었다는 이론에서 빛을 발견했다. 심장에 기억이 있다면 생명 유지에 가장 가까운 내장이 기억을 가져도 이상할 것은 없다. 고요미 씨의 기억은 혀에 깃들지 않았을까? 이렇게 생각하면 나는 해방되는 기분을 느꼈다.

뇌가 기억을 새기지 못해도 매일 아무것도 남지 않는 것은 아니었다. 무엇이 어디에 남을까. 그것은 모른다. 그렇지만 나와 고요미 씨는 친밀해졌다. 사고를 당하기 전보다 분명 가까워졌다. 잊어버리고 잊어버려도 자라났다. 기억에서는 흘러나와도 고요미 씨의 어딘가에 남아 자라는 것이 있다.

붕어빵의 맛은 한층 더 깊어졌다. 노력을 통해 발전한 붕어빵이 고요미 씨를 오늘에서 내일로 연결해주었다. 뇌가 아니라도, 혀가 아니라도, 나는 생각했다. 붕어빵이 고요미 씨의 기억을 담당해주고 있다.

고요미 씨의 붕어빵은 외형까지도 훌륭해졌다. 상형문자처럼 야무지고 단정하고 온기가 있었다. 눈앞에 나온 붕어빵을 보기만 해도 틀림없이 맛있으리라는 예감이 생겼다.

"고요미 씨, 붕어빵 형태를 바꾼 건 아니지?"

"안 바꿨어. 바꿀 리가 없지, 내가 자랑하는 잇초야키—丁焼き니까."

"잇초야키?"

"뭐야, 이제껏 뭘 본 거야."

고요미 씨가 기가 막힌 듯이 핀잔을 주었다.

"축제일이면 서는 붕어빵 가게에서 흔히 쓰는 철판, 알지? 철판 하나에 붕어빵 틀을 여러 개 붙이고 반죽을 흘려 넣어서 굽는 거. 내 거는 붕어 하나하나가 따로 떨어져 있고 거기에 붕어빵 틀이 하나씩 붙어 있어서 뚜껑처럼 덮어씌워 철판을 통째로 뒤집어."

고요미 씨가 뿌듯해하는 것 같아서 조금 더 물어보기로 했다.

"그거 드문 거야?"

"드문 거지, 특별 주문을 한 거야. 특별 주문."

고요미 씨는 가슴을 활짝 펴고 턱을 살짝 치켜들었다. 좋은 표정이라고 생각한 순간, 나는 몹시 원통한 기분을 느꼈다. 특별 주문을 하기로 과감하게 결정했을 때의 고요미 씨의 의기양양한 표정을 보고 싶었다.

일을 마치고 CD를 사러 가니까 늦게 올 거라고, 아침에 고요미 씨가 말했다.

"저녁은 먹고 올 거야?" 내가 묻자 "아니, 집에서 먹을래"라고 대답했다.

"뭐 어때, 가끔은 밖에서 먹고 와." 내가 말하자 "그럴까, 그럼 그렇게 할래"라고 대답했다.

내가 집에 있는 것들로 혼자 저녁을 먹으려던 참에 고요미 씨가 돌아왔다. 다녀왔어, 라고 기분 좋게 말하고 내 옆을 지나 자기 방으로 쏙 들어갔다.

"저녁은 먹었어?"

방을 들여다보니 고요미 씨는 겉옷을 벗지도 않고 사 온 CD를 봉지에서 꺼내고 있었다.

"신곡이 나왔어."

고요미 씨가 애지중지하며 CD 패키지를 열었다. 그리고 살림살이 중에서 아마도 제일 비쌀 스테레오에

CD를 넣었다. 바닥을 내려다보며 진지한 표정으로 첫 곡이 시작되기를 기다렸다. 예전에는 나도 그랬다. 중학생 때, 매달 나오는 매력적인 신보 중에서 무엇을 사야 할지 고민하느라 골치가 아팠다. 용돈에 구애받지 않고 갖고 싶은 음반을 전부 다 살 수 있으면 얼마나 좋을지 늘 꿈꿨다. 손에 넣은 음반은 듣고 또 들었다. 그러다가 한 곡이 끝나고 다음 곡이 나오는 사이까지 완벽하게 외웠다. 지금은 처음부터 내가 듣고 싶은 노래만 골라서 듣는다. 나는 고요미 씨를 방해하지 않으려고 조용히 거실로 돌아왔다.

"오랜만에 나온 신보인데" 하고, 나중에 거실로 나온 고요미 씨가 말했다.

"왠지 들어본 것 같은 노래였어."

"별로였어?"

"아니, 별로인 건 아니야. 새롭고 신기하다는 느낌이 없었어. 노래는 좋았어. 응, 앤서니한테 불만은 없어."

그렇게 말하며 냉장고를 열었다.

"뭐 먹을 거 있나?"

"어, 먹고 온 거 아니야?"

"그러려고 했는데 CD를 샀더니 조금이라도 빨리 듣고 싶더라고. 아, 명란젓 있다. 이거 먹어도 돼?"

고요미 씨의 방에서 나는 앤서니 키에디스의 목소리는 당연히 거실에도 들렸다. 고요미 씨, 일요일에도 이 노래를 들었어. 잡지에 실린 레드 핫 칠리 페퍼스의 신보 광고를 보고 신이 나서 사러 갔었잖아. 베스트 앨범에 신곡을 두 곡 실었을 뿐이지만 고요미 씨는 몇 번이나 반복해서 들었다. 신곡인데 '왠지 들어본 것 같은' 기분인 것은 혹시 그래서 아닐까?

고요미 씨는 이번 여름에 척 베리가 일본에 온 줄 모른다. 미셸 건 엘리펀트가 해체한 것도 모른다. 뉴스를 듣고 깜짝 놀라며 아쉬워했지만, 다음 날 아침이면 잊어버린다. 제트는 언제나 신인 밴드이고 조 스트러머는 살아 있다. 어라, 조 스트러머는 작년에 죽었던가? 내 기억까지 조금씩 불확실해진다. 설령 내가 죽어도 고요미 씨는 잊어버리겠지만, 이제 그런 생각을 하며 감상에 빠지지는 않는다. 딱히 슬퍼할 일도 아니니까.

새벽녘에 내린 비를 보며 조용히 울던 고요미 씨를 나는 잊지 않는다. 눈을 감으면 황사를 맞으며 걷는 고요미 씨도 보이는 것만 같다. 내 세계에 고요미 씨가 있고 고요미 씨의 세계에는 내가 산다. 둘의 세계가 살짝 겹쳤다. 그것으로 충분하다.

한 폭의 수채화처럼
은은하고 따스한 이야기

중고등학생 때는 비를 맞는 것을 좋아했다. 하굣길에 비가 부슬부슬 내리면 우산을 펴지 않고 손에 든 채로 터덜터덜 걸어간 적도 몇 번 있다. 남들이 우산을 쓰니까 나는 안 쓰겠다는 청소년기의 삐딱한 치기도 있겠지만, 머리카락과 옷을 축축하게 적시는 빗방울이 마음을 씻어주는 것 같아 기분 좋았다. 나이를 훌쩍 먹은 지금은 오랜만에 집 밖으로 나가는 날인데 비가 내리면 짜증부터 나지만, 외출할 일이 없을 때 가늘게 내리는 비는 여전히 좋아한다. 꼭꼭 닫은 창문 너머로 맡아지는 비 냄새도 좋고 비를 머금어 파릇파릇한 나무를 보는 것도 좋다. 시끄럽게 창을 때리는 장대비는 부담스럽고 무섭지만, 잔잔하게 내리는 비는 평화로운 풍경이다. 미야시타 나츠의 이 소설도 제목 그대로 조용한 비처럼 차분하게 다가와 마음을 평온하게 해주는 힘이 있다.

쌀쌀한 어느 겨울날, 직장을 잃어 몸도 마음도 얼어붙은 유키스케는 파친코 가게 주류장에서 파는 붕어빵을 사 먹고 그 맛에 감탄해, 자기도 모르게 가게로 되돌아가 주인에게 "맛있어요"라고 말한다. 맛있는 붕어빵을 만들어 손님에게 먹이는 것을 삶의 보람으로 여기는 고요미는 유키스케의 단순하고 직설적인 칭찬에 진심으로 기뻐하며 고맙다고 대답한다. 이 이야기는 이렇게 한 남자와 한 여자가 우연히 만나면서 시작된다. 가게 주인과 손님으로 만난 둘은 고요미가 불의의 사고를 당하면서 급격히 가까워진다. 사고 후유증으로 새로운 기억을 쌓아가지 못하는 고요미와 다리가 불편해 평생 목발을 짚고 살아야 하는 유키스케는 부족한 부분을 보듬어주듯이 서로 의지한다. 그러나 많은 시간을 함께 보내도 한쪽은 기억을 붙들어두지 못한다. 손가락 사이로 모래가 빠져나가듯이 흘러가버리는 기억은 유키스케에게 슬픔으로 다가와 의도치 않게 고요미에게 상처를 주기도 한다. 유키스케는 '사람은 무엇으로 이루어졌을까'라고 고민하다가 '매일 생활 속에서 하는 생각'이라는 답을 끌어낸다. 사람이 기억으로 만들어졌다면 새로운 기억을 만들지 못하는 사람은 살아갈 의미가 없다는 말처럼 들리기에 그것만큼은 부정하려고 한다. 다친 뇌는 기억을 새기지 못하더라도 고요미의 혀는 정보를 저장한다. 시간이 지날수록 더욱더 훌륭해지는 붕어빵이 그 증거이자 기억 그 자체일지도 모른다. 유키스케는 그렇게 믿고 고요미와 함께하려고 한다. 오늘을 내일로 이어가진 못하지만 분명히 하루하루 시간을 살아가는 고요미를 위해서, 또 고요미와 자신의 세계 속에 서로가 존재하면 좋겠다고 바라는 자신을 위해서.

책을 읽는 우리는 두 사람의 세계가 이렇게 머뭇거리면서 살포시 겹치는 이야기를 유키스케의 시선을 따라 지켜본다. 우리는 유키스케의 눈으로 그려지는 세계를 지켜보는 관객인 셈이다. 그가 바라보는 세계는 마치 수채화 같다. 맑은 색을 써서 부슬부슬 소리 내지 않고 내리는 비를 담담하게 그려낸 수채화 말이다. 유키스케의 시선을 거쳐 작가가 그려낸 수채화를 마음껏 감상하고 났더니 나와 세계가 겹친 사람들이 더 애틋하게 느껴졌다. 가족이든 친구든 각자 보는 세계에 서로가 당연하게 존재한다는 것은 그야말로 기적 같은 일이다. 사람인 이상 절대 이해하거나 타협하지 못하는 부분도 있을 테고 상처를 줄 때도 있을 것이며, 도저히 함께할 수 없어 멀어질 수도 있다. 그러나 함께하는 이 순간만큼은 어떻게든 최선을 다하고 싶다는 생각이 들었다.

이 작품은 『양과 강철의 숲』으로 일본 서점대상을 수상한 미야시타 나츠가 제일 처음으로 썼던 소설로, 어떤 의미에서 작가의 원점이 되는 작품이다. 일본에서 공개된 작가의 인터뷰를 보면, 이 소설에서 싹튼 씨앗이 이후 다른 작품과도 연결되는 부분이 많은 만큼 아끼고 사랑하는 작품이라고 한다. 나 역시 번역하는 동안 이 자그마한 이야기와 사랑에 빠져 울고 웃느라 바빴으므로 작가의 인터뷰를 보면서 괜히 뿌듯하고 기뻤다. 나는 서점대상 수상작을 번역하면서 이 작가와 처음 만났고, 이 작품을 통해 감사하게도 두 번째 인연을 맺었다. 아직 번역가로서 햇병아리이던 시절, 작가는 소설을 통해 자기 일을 차근차근 꼼꼼히 하며 자기만의 속도로 나아가는 것이 얼마나 소중한지 내게 알려주었다. 그 기억 덕분에 지금도 번역을 하고 있다고 말하면 지나친 과장일지 모르나, 나에게 미야시타 나츠가 오래오래 지켜보고 싶은 작가인 것은 틀림없다. 조만간 작가만의 새로운 세계를 또 보여주기를 바라본다.

2020년 추운 겨울
이소담

조용한 비

초판 1쇄 인쇄 2020년 1월 31일 초판 1쇄 발행 2020년 2월 14일

지은이 미야시타 나츠
옮긴이 이소담
펴낸이 연준혁

편집 2본부 본부장 유민우
편집 7부서 부서장 최유연
편집 김소연
디자인 강경신

펴낸곳 (주)위즈덤하우스 미디어그룹 출판등록 2000년 5월 23일 제13-1071호
주소 경기도 고양시 일산동구 정발산로 43-20 센트럴프라자 6층
전화 031)936-4000 팩스 031)903-3893 홈페이지 www.wisdomhouse.co.kr

값 12,000원
ISBN 979-11-90427-87-6 03830